ACH GOTT

WANN UNSER OMA NOCHEMOL KÄM!

GEDANKEN: WAS WÄRE WENN?

gereimt
von

Paul Tremmel

2000 erschienen im Verlag

Paul Tremmel, 67147 Forst/Weinstraße,
Telefon (0 63 26) 64 93
Fax (0 63 26) 3 78

ISBN Nr. 3-9806259-5-8

Druck: Steinmetz & Schmitz GmbH, Forst/Weinstraße

Ach Gott wann unser Oma noch emol käm!

Ich hab e liewie Fraa, schunnscht wär ich jo net üwwer verzich Johr mit 're verheirat. Sie schilt alsemol, ärgert mich ab un zu un gibt mer kee Geld. Trotzdem hott unser Eh' so lang g'halte. Des liggt awer dodraa, daß ich mer schunn immer gut was vorschtelle kann. Un so kann ich mer gut vorschtelle, wann ich e annerie hätt, die deht ach mit mer schelte, deht mich ach ärgere un gebt mer b'schtimmt ach kee Geld. Un domit will ich bloos zeige, wie gut 's is, wammer sich was vorschtelle kann. So kann ich mer vorschtelle, daß ich reich wär. Dann hätt ich meh Geld. Weil ich mich awwer schunn mit dem wenniche Geld wu ich jetzt hab, genung ärgere muß, kann ich mer vorschtelle, daß ich mich dann noch meh ärgere müßt. Allee de Ärger mit de Aktiekurse. Bin ich heit Nacht e Milljon reicher oder ärmer worre? Hätt ich die un die Werte verkaafe solle un die annere behalte? Ich kann mer vorschtelle, wie sich des uff mein Blutdruck auswirkt. Un wann ich reich wär, do könnt ich mer gut vorschtelle, daß ich zwee mol im Johr mimme Traumschiff e Welträäs mache deht. Ich kammer dann awwer ach vorschtelle, daß ich jedesmol zu viel vun denne gute Sache eß, wu 's do immer gibt un daß ich dann nachts net schloofe könnt, weil ich so vollg'fresse bin - un Sodbrenne hätt ich dann ach. Un so macht mer 's nix aus, daß ich net reich bin, dann ich schloof gern gut un Sodbrenne will ich ach net. Un üwwer mein an sich normale Blutdruck bin ich ach froh. Un so bin ich froh, daß ich net reich bin. Weil ich mer alles so gut vorschtelle kann. Un weil ich mer, wann ich en reicher Mann wär, net vorschtelle könnt, daß ich Gedichte for annere Leit schreiwe deht, weil reiche Leit dodezu kaum Zeit henn. (oder henn ehr schunn emol e Gedicht g'sehne vun jemand wu reich is?) Un weil mer 's halt Schpaß macht

Gedichte zu schreiwe, schtell ich mer liewer net vor, daß ich reich wär.

Ich kann mer awer gut vorschtelle, was bassiere deht, wann unser Oma nochemol käm. Oder gar die Urgroßmutter. Oder enner vun meine Vorfahre. Oder en Urahn, wu erlebt hott, daß die Römer an de Rhei kumme sinn. Ja bloos unser gutie aldie Tante, wu noch garnet so lang g'schtorwe is.

Können ehr eich vorschtelle, was wär, wann so Mensche nochemol uff unser Welt kämen? – Vielleicht net - awer ich kann 's. Weil ich mer alles so gut vorschtelle kann. Obwohl ich mer manches net vorschtelle kann. Un jetzt versuchen eich ach vorzuschtelle, die Großmutter käm nochemol. Un dodebei soll des Buch e bissel helfe.

Forst im Johr 00 im neie Johrdausend.

Paul Tremmel

Wann unser Oma nochmol käm

Wann unser Oma nochmol käm,
ich denk des gäb e groß Problem.
Die hätt sich schwer zurechtzufinne
Die mehnt beschtimmt meer dehten schpinne,
deht die uns lamediere hööre,
wie arm meer sinn, dann deht 'se schtööre,
daß meer am Winterbrand net geizen
un jeden Dag die Wohnschtupp heizen.

Un deht uns ach Verschwender nenne,
weil üwwerall die Lichter brenne
un deht 'se gar noch hööre heit:
„Meer henn kee Zeit - meer henn kee Zeit!"
do deht die frooche - sicher wohr:
„Ja sinn dann ehr im Kopp noch klor?
Ehr henn doch heit die Wäschmaschine,
die mit 'me Knoppdruck ehr bediene
un henn ach net denn weite Wech,
mimm große Wäschkorb - an die Bläch,
for Wäsch zu bläche - des war weit
un jammeren - ehr henn kee Zeit.

Wer wäscht dann Winnle noch vun Hand
un holt im Keller als de Brand?
Macht A'machholz? Ich duh bloos mehne,
wer duht de Schtuppeboddem schpäne
un wachst en - wanner ausgelaucht?
Ja - früher hott mer Zeit gebraucht!

Un geht ‘s mimm Kühlschrank dann net schneller,
als wammer drunne bloos - im Keller,
e kühles Eckel g’hatt - ganz newe,
um Essereschte uffzuhewe,
do warscht de ganze Dag im Trapp,
die Kellertrepp als uff un ab?

Allee am Kaffee koche heit,
do schparscht e vertel Schtunn an Zeit
un brauchscht en netmol meh zu mahle,
wie früher die Zichorieschale.
Do froog ich mich doch irgendwie:
Wu bringen ehr die Zeit dann hie?
Wer duht in ’s Nochberort noch laafe,
um dort mol ebbes eizukaafe?
Do duhn ehr doch mimm Auto fahre,
ja duht mer do kee Zeit mit schpare?“
Un henn ach was for Schtaab zu sauche.
For was duen ehr die Zeit dann brauche?“

Ja - ja - wann unser Oma käm,
ich glaab die hätt e groß Problem,
bloos zu verschtehe - liewer Gott,
daß niemand jo meh Zeit heit hott.
Daß bloos vun wennich Zeit kannscht hööre,
ich glaab ‘s wär schwer, ‘s ‘re zu erkläre!

Awer vorschtelle kammer ‘s sich jo, daß ’se nochemol käm, unser Oma, awer schtellen eich vor unser Urgroßmutter käm nochemol. Des könnt noch schlimmer ausgehe:

Wann unser Urgroßmutter nochmol käm

Wann unser Urgroßmutter käm,
ich glaab - des wär net a'genehm.
Des war e Fraa - ganz brav un fleißich
un g'schtorwe isse fünfedreißich,
war resolut - ich will net hetze
un die verschtand sich durchzusetze.

Was awwer wär - ehr liewe Leit,
käm unser Urgroßmutter heit?
Ganz sicher wär die net zufriede,
daß unser Evche dreimol g'schiede.
For 's Evche – wann 'se nochmol käm,
Wär des beschtimmt net a'genehm.
Un segt mol ehns: „Des ess ich net!"
Do ging der hungrich halt in 's Bett.
Doch dobei sollt mer net vergesse,
sie selbscht deht kee Crevette esse,
kee Muschle - Auschtre - oder Schnecke,
so Sache dehten ehr net schmecke.
Un ging die Karla mol wuhie
un segt: „Ich kumm erscht morje früh,
do werd 's ganz sicher noch de Achte,
ich duh beim Carlo üwwernachte!"
Mein Gott - was hätt die do gedoobt.
Die sinn jo netemol verlobt.

Wann unser Urgroßmutter käm,
for's Karla wär's net a'genehm.

Un wollt ‘se erscht durch ‘s Dörfel laafe,
paar Klennichkeite eizukaafe,
kenn Lade meh - for Brot un Weck,
for Schuckebennel - Bäredreck,
for Maggiwerfel, Zucker, Salz
un Huschtegutsel – for de Hals,
for Zick – Zackband un Nähts uff Rolle
un Essich – aus ’me Faß - ’me volle.

Un neewedraa - die Nochbersleit,
die ohne Trauschei lewen - heit,
aa denne deht ‘se ’s sicher zeige,
die deht nee mol die Mehnung geige.
Wann unser Urgroßmutter käm,
wär for die Leit net a’genehm.

Un nimmt ‘se sich e Zeitung heit
un guggt bloos uff die Titelseit,
do guggt die nimmie inne nei,
„Pfui!“ deht ‘se sage „sinn des Sai!
Die Zeitung is jo g’schenkt zu deier.
Ab - in de Herd - un ab in ‘s Feier!“
Doch ach kee Feier meh im Haus,
die Fraa - die kennt sich nimmie aus.
Un dodebei - des muß mer saa,
war des e bravie gutie Fraa.
Doch wann ‘se wirklich nochmol käm,
ich glaab des wär net a’genehm.
doch nemmt getroscht als Tatsach hie:
Die Urgroßmutter kummt nimmie.

Noch schwerer hättens vermutlich unser Urahne, dann die sinn jo schunn viel länger fort. Die kämen nadierlich mit unserer Zeit garnimmie zurecht. Was dehten die sich denke, wann 'se sehnen wie meer heitzudags lauter Mammut züchte wollen. Immer größer un mächtiger. Wu alles Klenne fressen oder zammetramplen. Fusione nennt mer' s. Un wu sinn die Mammut aus de Schteinzeit?

Wann unsern Urahn nochmol käm

Wann 's unsern Urahn nochmol gebt,
der in de Schteinzeit einst gelebt,
der könnt vermutlich drüwwer lache,
was Mensche heit for Fehler mache.

Sieht er doch in jüngschter Zeit,
was Mensche for Beschtrewe heit.
Will mer doch for alle Dinge,
größer werre - Macht erringe,
alle Klenne unnerdrücke,
fusioniere - schlicke - schlicke
un verleibt sich alles ei,
mit dem Ziel - de Gröscht zu sei.
Immer weiter, höher nuff,
fressen 'se die Klenne uff.

Deht de Urahn sowas sehne,
wie 'se g'fresse werr'n - die Kleene,
ja do mehnt der sicher do:
„Kinner - des war immer so.
Große henn halt des Int'resse,
alle Klenne uffzufresse,

zammetrample un vernichte.
Sowas wollen ehr heit züchte?

Wie ich uff de Welt duh wohne,
mittlerweile Johrmillione,
in ‘re Höhl un ganz bescheide,
waren doch in denne Zeite,
Dinosaurier groß un mächtig,
rumschtolziert sinn die - ganz prächtig,
g’fresse henn ‘se - was ‘se g’funne
un sinn jetzt schunn lang verschwunne.

Awwer Hase - Mais un Krotte,
‘s Kleegezawwels uffem Bodde,
die sinn als noch net vergesse,
trotzdem mer so viele g’fresse.
‘s gibt kee Mammut - weit un breit,
gange sinn ‘se - mit de Zeit,

Dinosaurier schterwen aus
un wie sehnen die ach aus?
Dicke Baich un korze Bää
un de Kopp war winzich klee.
„Buu!“ - so deht mein Urahn sache,
„Buu des is doch ausser Frache,
duhn eich net so hoch erhewe,
dann kannscht immer üwwerlewe.
Duht mer Klenne noch so treiwe,
immer werren üwwrich bleiwe.
Krawwlen immer widder raus:
Doch die Große schterwen aus!“

Ja - mein Urahn wüßt Bescheid,
käm der emol widder heit,
sieht die Machtkämpf all - die dumme:
Awer er werd nimmie kumme.

Un ich mehn do - leider - leider,
dann so werren mer net g'scheiter,
lernen nix aus uns'rer G'schichte
un duhn Dinosaurier züchte.

Wer jetzt glaabt do ligg ich fehl,
les emol de Wirtschaftsdääl.

So ähnlich könnt doch der Urahn denke, wann er in die heitige Zeitunge guggt. Un des mit denne Fusione is jo heit so schlimm, daß ich mer schunn Gedanke mach dodrüwwer. Un wie 's desjohr an de Eisheiliche un de kalte Sophie dreißich Grad im Schatte waren, wu 's doch die Eisheilche kalt hawwe wollen un im Juli war 's so kalt, hab ich sogar dodevunn gedraamt:

Himmel un Höllefusion

Des Wetter is jo fascht en Witz,
Eisheiliche - un Hundsdagshitz,
des b'schäftigt em jo Dag un Nacht,
wer so verricktes Wetter macht.
So schloof ich dort mol owends ei
un hott en schlimme Draam debei.

Ich bin zum hohe Himmel g'flooge
un wollt emol de Petrus frooge,

warum – an ehre Feierdage,
die Heiliche henn nix zu sage,
do kummen meer - uff halwe Wege,
e Schar vun Engel jo entgege.

„Wuhie - wunaus?“ - die Froog werd g’schtellt:
„Meer wollen nunner uff die Welt,
zu gugge ob dort irgendwann,
mer net paar Engel brauche kann!
Dann in dem Himmel – in dem große,
gibt ’s derzeit arg viel Arweitslose.“

„Viel Glück!“ so geb ich do jetzt druff
un bin zum Himmel weiter nuff,
klopp an de Deer - Was muß ich sehe?
Ach Gott - do duht de Deiwel schtehe.

„Oh Jesses nee!“ sag ich dann schnell,
„is des do howwe dann die Höll?
Do kann ich wohl net richtig sei,
ich wollt jo in de Himmel nei!“

„Nee – nee!“ De Deiwel gibt sich wichtich,
„des is de Himmel - bischt schunn richtig!
Ich hab die Sach jetzt in de Hand,
de Petrus is im Ruheschtand!“
Ich gugg die Deer jetzt nei – wie dumm,
do rennen lauter Deiwel rum.
Ich froog: „Was is dann do bassiert?“
„Ja!“ hääst ’s, „meer henn halt fusjoniert,
meer Deiwel schwewen jetzt uff Wolke,
des is e ganz normalie Folge,

des is halt so, bei so ‘re Sach.!“
Gottlob wer ich dann widder wach,
ligg in meim Bett - ehr liewe Leit
un merk - es is kee Wirklichkeit.
Un denk mer ach noch dodebei:
Die werren doch so dumm net sei,
Des Engelsheer - des riesegroß,
muß gehe - un is arweitslos
un sucht jetzt Ärwet - uff de Welt,
jedoch mer schpaart nadierlich Geld
un ball, des werd de DAX uns zeige,
do werren die Hölleaktie schteige.

Na - ja - ‘s war bloos en Draam - en dumme,
ich hoff - so weit werd ‘s doch net kumme.

Awer mer derf sich jo mohl Gedanke mache. Ach um denn Unkel, wu sich im Oktower 1929 uffg’henkt hott. Was war im Oktower 1929? Am 23. war de Unkel noch reich un am 25. war er bettelarm. Es muß also was geweßt sei. Ja - des war der schwarze Freitag, wu die Börse uff de ganze Welt zammegekracht sinn.

Wann de amerikanische Unkel käm

Net immer war des a’genehm,
wann jemand in de Palz dehääm.
Oft gab ‘s ach Not - un net so knapp,
drum is en mancher Pälzer ab,
zum wilde Weschte oft - ganz hinne,
um dort vielleicht sei Glück zu finne.

Des war net efach un nie leicht,
gar Viele henn ach nix erreicht,
en mancher war debei de Dumme
un is sogar um ‘s Lewe kumme.
Doch manche - wann ach net grad viel,
die kummen an ehr g’schtecktes Ziel,
en mancher der kriegt Ruhm un Ehr
un mancher werd gar Milljonär.

Als Vorbild nimmt mer dann so Herre
un mit dem Ziel schwer reich zu werre,
is wiederum e ganzes Heer,
an brave Pälzer üwwer ‘s Meer.

Do war - so neunzehhunnertdrei,
ach seller Unkel mit debei,
der erscht mit Ärwete - mit viele,
wie Gass zu kehre - Deller schpüle,
dann mit e bissel Hannel schpäter,
sei Geld verdient - des kennt jo jeder.

Erscht rennt er - schpäter duht er laafe
un irgendwann dann Aktie kaafe,
wart - bis zu schteige die beginne,
verkaaft ‘se dann - un macht Gewinne,
hott des - was Glück mer nenne kann,
so werd er halt en reicher Mann.

Nadierlich duhn des Ann’re sehne,
die machen des dann ach - im Kleene
zunägscht - un schteigen richtig ei,
um bei dem Buum debei zu sei.

Am Schluß - in ganz Amerika,
do war allmählich jedem klaa,
fescht schaffe duht zu garnix führe,
Aktie - un duh schpekuliere.
So kummt mer an en Haufe Geld,
ball macht des jeder uff de Welt.

So duen all die g'scheite Herre,
allmählich immer reicher werre,
en jeder macht do kräftig mit
un jeder macht sein gute Schnitt,
mer schpekuliert - gewagt un frech,
dann kummt en Fall - denn nennt mer Cräsch.

Un plötzlich quasi üwwer Nacht,
do hott 's uff emol Batsch gemacht,
der Höheflug duht plötzlich enne:
Mer duht 's dann schwarzer Freitag nenne
un 's Geld - wu in so Aktie schteckt,
des is dann üwwer Nacht verreckt.

Warum is sowas jetzt bassiert.
Ganz klar - wann jeder schpekuliert
un sahnt bloos noch Gewinne ab,
werd irgendwann des Hemm zu knapp
un irgendwann - des is halt so,
do schteht mer dann halt nackisch do.

Un dann - wer hätten des gedenkt,
der reiche Unkel hott sich g'henkt,
wobei sogar en Mancher mehnt,
er hätt sich noch denn Schtrick gelehnt,

weil er dort selwer schunn so blott,
daß er kenn eig'ne g'hatte hott.

Deht heit de Unkel ufferschtehe
un deht die Aktiehausse sehe,
do ging 's em - was jo ach kee Wunner,
wohl eiskalt als de Buckel nunner.
„Mensch!" deht der wahrscheins sage heit,
„Mensch - lernen ehr dann nix - ehr Leit?
En schwarzer Freitag kummt beschtimmt,
wann jeder bloos noch nimmt un nimmt!"

Dann ging er widder fort - mit Grause,
wer glaabt - die Börse kennt bloos Hausse,
des hääßt - es geht dort bloos berguff
un höört noch owwe niemols uff,
der soll mol üwwers Börsewese,
vielleicht e bissel ebbes lese.

Doch jo - was soll 's – was soll mer brumme,
der Unkel - der werd nimmie kumme,
was schließlich awer ach kenn Schade:
Un 's Anner - des bleibt abzuwarte!

Lossen mer also unser Unkel in Friede. Dobei muß ich an denn weiselige Pälzer denke:

Ich hab mei Geld versoffe,
des hott sei Konsequenz,
ich hab zwar nix zu hoffe,
doch ich verlier ach kenns.

Un do is der wu sich an de Börse verschpekuliert, noch gut draa. Wennigschtens sei Lewer frääd sich. Noch u'verschtändlicher deht wohl vermutlich der Großunkel reagiere, der im erschte Weltkrieg verzeh eingerückt is - un mit dem Lied: „Siegreich woll'n mer Frankreich schlagen, sterben als ein tapf'rer Held!" noch Flander g'fahre is. Do owwe - bei Arras, isser heit noch. Gut vermischt mit fruchtbarer flanderischer Erd, dann e ziemlich schwerie Granat is ganz noh newer ihm explodiert, was er awer nimmie g'schpürt hott. Wann der nochemol käm un deht erfahre, daß heit Fraue per Gericht erzwinge wollen, daß 'se do künftig ach hie dürfen. Net weil 'se vielleicht dort unnerm Boddem bleiwe wollen, wu 'se e Granat richtig unnerzackert, bloos weil 'se mehnen des wären 'se de Gleichberechtigung schullich. Awer de Unkel hott ach net draa gedenkt, daß en Krieg ganz annerscht is, wie mer sich denn so im Allgemeine vorschtellt. Un jetzt hotter unsere Gleichberechtigungskämpferinne um „den Dienst an der Waffe" halt voraus, daß er mindeschtens bis ihn e Granat verisse hott, erfahre konnt wie des in Wirklichkeit so zugeht:

Wann unsern g'fallene Unkel nochmol käm

Deht unserm Herrgott es mol glücke,
de Unkel so zurecht zu flicke,
daß er - sei 's bloos for korze Zeit,
emol könnt widder kumme heit
un liest - daß Fraue druff erpicht
un 's Recht erschtreiten - vor Gericht
un dann ach eisern druff beharre,
daß sie jetzt künftig mit de Knarre,
ganz vorne in der erschte Reih'.
es Recht henn - mit debei zu sei.

„Was?“ deht der sage - „sinn die blööd,
ja wissen die dann wie ‘s do geht,
in Dohtesangscht - in dere Scheiße,
do wollen die sich heit drum reiße?
Meer henn uns schunn in de Ardenne,
oft wochelang net wäsche könne,
konnscht kaum de Kopp mol richtig hewe,
dann raus als - aus de Schützegräwe,
de Feind der kam uns dann entgeche,
uns abzuschieße - abzuschteche,
gewunne hott - wer ‘s erschte schticht,
zuerscht zu schieße - des war Pflicht,
schunn weil em ‘s Lewe jo ach deier,
dann wochelang im Trummelfeier,
die Eischläg schtännich um em rum,
ja sinn dann Fraue heit so dumm
un sinn net gründlich do degeche,
bereit - sich do mit nei zu leche?
Un wann der Schtabsarzt - der verflucht,
uns als uff Filzlais unnersucht,
was nötich war - im Dreck - for alle,
doch als uns Männer schunn net g’falle.

Die sollten doch mol erscht prowiere,
sechs Woche mit Gepäck maschiere.
So Rechte,“ deht de Unkel sache,
„sich vor Gericht noch eizuklache,
ich glaab do fehlt ‘s scheints doch e bissel,
die henn en Schprung in ehre Schüssel.“

So ähnlich deht de Unkel brumme,
deht er tatsächlich nochmol kumme,
doch die Granat in seller Nacht,
hott ganzie Ärwet glaab gemacht,
der Unkel - des scheint meer gewiß,
der bleibt beschtimmt dort - wu er is,
seit üwwer achtzich Johr jetzt schunn:
Na ja - was hätter ach devun?

Er könnt wohl bloos de Kopp schüttle. Awer des kammer jo heit fascht dauernd. Vielleicht wär ach garkenn Krieg meh möglich, der wär schun aus bis die Fraa Hauptmann vum Frisöör käm. Awer mit sowas will ich net schpotte. Ich hab emol en Krieg mitmache dürfe, des hott mer eigentlich gelangt. Obwohl mer jo Gottlob heit in unserm Land kenn Krieg henn. Doch so war 's net immer. Daß die Palz mit de Kurpalz – was jo eigentlich ehns war - e blühendes Land is, des wääß mer jo. Bei uns wachst alles – oder fascht alles – zumindescht de beschte Wei, also kammers losse wie 's is. Trotzdem: Unser Vorfahre henn oft ganz schlimme Zeite erlebt. Krieg – Pescht – Hungersnot, schlimm isses oft zugange. Am allerschlimmschte awwer wie de Sunnekönich vun Frankreich, der dabbisch Lui kardoosch, also de verzeht, noch em Doht vun de Liselotte vun de Palz, gemehnt hott, er deht uns erwe. Doch do hotter sich gedeischt. Die Pälzer wollten net französisch werre. Un wie der Lui gemerkt hott, dasses nix wird, do hotter unser blühend Land verwüschte losse. Un wie! 's Heidelberger Schloß gibt do heit noch e gut Zeugnis ab. Er hott enner namens Melac beufftragt, alles hie zu mache. Die Rebschtöck rauzusreiße oder abschneide, die Schtädt un Dörfer abbrenne – carte blanche – nennen des die Franzose. Un wie alles hie war, is der Melac mit seine Horde abgezoche, nüwwer zu de Schwoowe. Awer die waren glei ehnich mit dem Saukerl. Dann do sinn die Mädle scheints kuraschierter wie bei uns. Un ennie hottem Ruck Zuck de Krutze abg'schnitte, wie er mit 're in 's Bett wollt, uhne zu frooche. Drum soll mer ach heit noch mit 'me Schwoowemädel net in 's Bett gehe, wann 'se net will. Un jetzt hab ich mer graad mol üwwerleggt, wann der Melac heit nochemol käm:

Ach Gott wann de Melac[1] nochemol käm.

Ja käm noch so 're lange Zeit,
der dabbisch Melac nochmol heit
un deht – vielleicht am Haardtrand schtehe
un deht die Palz – die Kurpalz sehe,
was ging dann do dem schlimme Tropp,
so alles durch sein blööde Kopp?

Do denkt der wohl vor alle Dinge,
des Land – des is net umzubringe,
was ich gemacht: Verbranntie Erd',
des hott do offenbar kenn Wert.

Do schtehen Haiser – guggen anne,
so schöö henn vorher garkee g'schtanne!
De Schpey'rer Dom – in voller Pracht
Ach Gott henn meer denn klee gemacht!

---

[1] Melac war der französische General, der im Auftrag des Sonnenkönigs Ludwig des vierzehnten im Erbfolgekrieg um das Erbe der Liselotte von der Pfalz, unser Land in Schutt und Asche legte. Seine Untaten waren auch der Anlaß für die zweihundertfünfzigjährige Erbfeindschaft zu Frankreich, die Gottlob dank vernünftiger Politik überwunden wurde.

Des schööne Heidelberger Schloß,
was hemmer g'schprengt – an dem Koloß
un bloos de Rescht – wu heit noch schteht,
der zieht die Leit aa – wie'n Magnet.
Die Enkel erscht, vun denne Leit,
die ich gequält – in seller Zeit,
die henn mer des net krumm genumme,
die duen heit uff Frankreich kumme,
um dort was Gutes als zu esse,
die henn mei U'tat scheint's vergesse.

Oh Gott – was ich so in de G'schicht,
mit meim Verbreche a'gericht,
Zweehunnert Johr hot mer sich g'schtritte,
was henn die Völker do gelitte,
doch Gottseidank – so geht 's net weiter,
heit sinn die Leit bedeitend g'scheiter.

Ich war en wüschte Kerl – en kalter,
na ja – 's war fascht noch Mittelalder
Ich kann mich selbscht nimmie verschteh',
doch zieh ich heit e Resümee,
do kann ich bloos des ehne sage:
„Es is doch besser – sich vertrage!"

So deht der Melac heit wohl denke,
dann deht er sich vermutlich henke
un 's wär ach – jetzt mol ehrlich g'saat,
um denn wahrhaftich jo net schad.
Des wär doch jedem wohl gewiß,
drum soll der bleiwe – wu er is.

Mer solltem des sogar verbiete,
mer wollen Freundschaft – wollen Friede,
in Friede lewe – un in Ruh',
denn Melac brauch' mer net dezu,
na ja – mer kann wohl dodruff baue:
Der wird sich sicher nimmie traue,

net in die Palz – net zu de Schwoowe,
dann dort do hott – mer kann 's bloos loowe,
e Schwoowemädel net lang g'froocht
un hott den Lumbes umgebroocht,
wie er zu ehre wollt – in 's Bett
un sie – sie wollt des nämlich net.

Sie schticht en ab – mimm Küchemesser,
na ja – so 'n Kerl verdient 's net besser.

Des Buch is entschtanne in dere Zeit, wie en großer Wirbel war, um e Sendung die aus Holland eigschleppt worre is. Sie erinnern sich: Richtig - BIG BROTHER - der große Bruder. Un darum: Net bloos die Leit aus längscht vergangene Zeite dehten sich heit wunnere. Ach die wu noch garnet so lang fort sinn. Wobei sich jo sogar die wunnern wu noch do sinn:

Ach Gott wann unser Tante nochemol käm

Ehr Leit - ich glaab es wär schunn bitter,
käm bloos mol unser Tante widder,
die zwanzich Johr jetzt - gern un gut,
im Kerchhof unner Bodem ruht

un deht im Fernseh - in dem ehne,
per Zufall de BIG BROTHER sehne.
Die deht dann sicher sage bloos,
schalt weiter - ‘s is jo do nix los,

‘s bassiert jo nix - paar Fraue - Männer
un netmol singe duht do enner,
die hocken do - so schtill un schtumm,
des is mer werklich jetzt zu dumm,
daß ich mer owends noch de Achte,
muß ach noch so en Kääs betrachte.

‘s bassiert jo nix - do in - bei denne,
des kannscht noch netmol Schtumpfsinn nenne
un schtännich Werwung - zwischenei,
kumm schalten mer was Ann’res ei,
ich kumm mer vor - in so ‘me Fall,
als gugg ich in en Haseschtall,
or draus in unsern Hinkelhof,
des gugg ich net - ich bin net doof,
die sinn jo, glaab ich, hohl im Kopp,
wu issen do de Ausschaltknopp.

So deht ganz sicher – deht ich mehne,
die Sach heit unser Tante sehne,
wobei die Fraa jo net verschteht,
daß dess die Quote doch erhöht.
Ja - ja - es wär ganz sicher bitter,
käm bloos mol unser Tante widder,
die jeder noch gekennt im Ort
un die so arg lang noch net fort!

Un dobei mehnt mer früher wären die Leit a'schpruchslos geweßt. Was 'se eigentlich jo ach waren. Manche henn sich schunn ganz schöö eidääle müsse. Ich denk do bloos an unsern Unkel Hannes. De ledisch Bruder vom Großvatter, dann früher gab 's in jedem Winzerhaus ach noch de ledisch Unkel. Do henn die Pläckelscher nimmie gelangt, for ihn un so hott er halt beim ältsche Bruder mitg'schafft - war meischt beliebt - un immer geduld. Er hott zu esse g'hatt, e Dach üwwerm Kopp un kee Fraa. Kee Wunner, daß der zufriede war. Awer wie deht der sich heit zurechtfinne, wu er jo doch hartie Ärwet vun morjens bis owends gewehnt war, bei 'me Lohn, denn mer heit als Hungerlohn bezeichne deht:

Wann unsern ledische Unkel nochmol käm

Käm unsern Unkel - unser guter,
vum Vatter war 's en Vattersbruder,
nochmol zurück - was deht der mehne,
deht der heit unser Wingert sehne?
Der deht wohl glaawe, daßer draamt,
do is kenn Huschtdarm rausgeraamt,
die Zeile brääät fascht wie e Schtrooß,
die Schtöck sinn ball zwee Meter groß
un erscht im Herbscht - wann 's morjens brummt,
weil riesegroß de Ernter kummt,
deht er des U'getüm entdecke,
do deht er sicherlich verschrecke.
Un sieht - die trinken gute Wei,
die schenken sich kenn Bubbes ei,
weil jeder Wei sich leischte kann,
der froogt: „Sinn ehr de Bassermann?"

Un höört er schließlich dann ach noch,
vun fünfedreißich Schtunnewoch,
do wär de Unkel sicher schtännich:
„Was,“ segt der „schaffen ehr so wennisch?
Un lesen netemol meh Rewe,
ja können ehr dann so noch lewe?“

Na ja - ach do gibt ‘s jo kee Not,
zu lang is schunn de Unkel doht,
ach der - der kummt nimmie zurück.
Ich denk als oft: Mensch was e Glück!

Wobei ‘s bei de Winzer heit noch nix is, mit de Fünfedreißichschtunnewoch. Awer doch e bissel leichter wie früher.
Un so kummt mer halt automatisch in die Erinnerung. Was is aus meine Schulkamerade worre? Gugg schunn lewen welche nimmie. Awer sunnscht sinn ‘se eigentlich doch all was worre. Kenner uff de schiefe Bahn. All fleißich un a’schtännisch. Kee Wunner, mer henn jo ach e gutie Erziehung genosse. Mer henn was gelernt. Manchmol noch mit recht schmerzhafte Methode. Awer des is jo vorbei. Un muß heit nimmie sei. Awer was wär:

Wann unsern Herr Lehrer nochemol käm

Ich denk als mol – vun Zeit zu Zeit,
käm der Herr Lehrer widder heit,
der sich vor langer Zeit geploocht,
daß er uns ebbes beigebroocht,
wie rechne - lese un ach schreiwe,
ich glaab der möchte heit nimmie bleiwe.

Was deht der Mann heit denke bloos,
grüßt ihn kee Kind meh - uff de Schtrooß?
Der sucht die Schuld net bei de Kinner,
der guggt do bissel meh dehinner,
dann deht der sage - jedie Wett:
„Erziehen ehr die Kinner net?
Die Alde müssen sich doch schämme,
wann Kinner sich net gut benemme,
sinn Kinner wie die Axt im Walde,
dann liggt des sicher an de Alde,
die Eltern müssen sich bemühe,
die Kinner richtig zu erziehe!“

„Un dann,“ so deht der weiter frooge,
„was machen dann die Pädagoge?
Ja lossen die dann alles schleife?
Ja duhn die net nohm Rohrschtock greife?
Ja schafft dann unsern Lehrerschtand,
mit Eltern heit net Hand in Hand?

Ja duhn die alles üwwersehe?“
Der Mann deht garnixmeh verschtehe.
Un kriegt e Kind e schlechtie Not’,
daß dann mer mit em A’walt droht,
damit e Kind – schtatt ’s sich bemüht,
per G’setze bess’re Note krieht.
Des wär ihm niemols zu vermittle,
do bleibt em bloos de Kopp zu schüttle.

Doch bei der ganze Schulmisere,
wu heit sich Lehrer so beschwere

un ach die Elt're drüwwer fluche,
nie deht der 's bei de Kinner suche.
„Die Kinner - 's is e aldie Wix,
die Kinner können dozu nix,
de Eltre - Lehrer muß gelinge,
de Kinner alles beizubringe,
schunnscht henn - des bleibt doch abzuwarte,
die Kinner schpäter schlechte Karte!
Gewiß - mein Rohrschtock muß net sei,
des sehn ich jo schunn selwer ei,
doch Ordnung - ja die braucht mer ewe,
wann Mensche eng zusamme lewe!"

Doch 's is net nötich - daß ich zitter,
de ald Herr Lehrer käm mol widder,
weil der ach nimmie kumme duht.
Un des is wahrscheins jo ach gut!

Un bei aller Phantasie will ich mer net vorschtelle, dasser nochemol kumme deht, awer manchmol schtell ich mer vor, daß unser Tante Lienche nochemol käm. 's Schlimmschte for die war 's Herbschte. Sie war noch e bissel an de Wingert vun ehrm Cusäng beteilicht un daß die Koschte nieder gebliwwe sinn, hott 'se halt g'holfe. Un wie g'saat, des war schlimm for 'se. Awer wann 'se ach noch so g'scholte hott, üwwer die Ärwet beim Trauwe lese. Sie war gern debei. Dann Herbschte, so richtich mit Scher', Küwwel, Logel un Trauwemühl, war zwar hartie, awer ach schöönie Ärwet. Un heit gäb des die Tante wahrscheinlich zu. Wann ,se nochemol kumme dürft. Un sie käm allee, ohne Mann, wie Viele in ehrm Alder, kee Wunner, wammer die Männer dohtschießt:

Ach Gott wann die Lienche nochemol käm

Was deht die Tante Lienche sage,
käm die zurück - in denne Dage,
wu 's Zeit is - sich druff vorbereite,
die reife Trauwe abzuschneide:

„Bei schönem Wetter macht des Schpaß,
awer wehe wann 's mol naß,
do drieft die Nas - un ach die Aage,
do is net schöö!" so deht 'se sage,
„awer - war 's ach u'bequem,
wann de Herbscht dann mol dehääm,
un de Neie gärt im Faß,
do war alles trotzdem Schpaß.
Schnuppe - Huschte - sinn vergesse,
's gab was G'scheites jetzt - zum Esse,
alles feiert - is fideel,
nee - do geht mer wohl net fehl,
nämlich in de Herbscht zu geh',
war bei jedem Wetter schöö,
allerdings - des sag ich glei,
immer dann erscht - wann 's vorbei.
Herbschte - richtig Trauwe schneide,
war es schönnscht - zu alle Zeite,
trotzdem des oft Schinnerei,
immer war ich gern debei
un - des dürft ihr alle wisse,
ich möchte heit kee Schtunn vermisse.

Ach net die mit kalte Ohre,
wu mer wie de Deiwel g'frore,
'S schönnschte war 'n die Regedage!"
Des deht heit die Dante sage,
käm 'se nochmol uff die Erd'.
Nostalgie Leit - die verklärt!

Ja - Nostalgie verklärt - des is so – denkt mer an die gut ald Zeit, wu garnet so gut war, wie mer immer mehnen. Mer sehnt sich halt so e bissel zurück. Un dann singt mer ach: „Wir wollen unsren alten Kaiser Wilhelm wieder hamm, aber nur mit Bart !" Awer ob mit oder ohne Bart, ich glaab denn brauchen mer nimmie. So im Rückblick sinn die Zeite ganz schöö. Awwer in Wirklichkeit?

Wann de Kaiser Wilhelm widder käm

Wann unsern Kaiser widder kääm,
des wär for uns net a'genehm,
do hätten mer - wie früher die Alde,
gehorsam schtets die Gosch zu halte.
Un deht er sich net gut betrage,
dürftscht netemol: „Der Hornochs sage!"

Do nimmt mer dich glei am Schlawittsche
un ab mit deer - sofort in 's Kittsche,
do gäb 's dort ach kee Milderung,
dann Majeschtätsbeleidichung,
ehr liewe Leit - des war dort was,
domit verschteht mer garkenn Schpaß.

Vermutlich gäb ’s ach widder Hännel,
um irgend so en Sackebännel,
do könnten mer maschiere geh’,
vielleicht seim Cusäng beizuschtehe
un wegge paar verückte Serwe,
do dürften mer wer wääß wu schterwe,
awwa - do bleib ich - ehrlich g’saat,
doch liewer noch en Demokrat.

Do kummt zwar ach mol ebbes vor,
in jeder Supp finnscht halt e Hoor
Un Serwe - Gott ich mehn jo norre,
die sinn jo net viel bräver worre,
doch daß mer bloos sich druff verschteift,
zu danze - wie de Herrscher peift,
awwa - des finn ich net so gut
un hab drum domit nix am Hut.
Es is jo schöö - devun verzähle,
doch widderkumme - des deht fehle.

Un die - wu mehnen des war doll,
die hätten ach die Nas ball voll.
Weil meer – wann ich jetzt ehrlich bin,
dann widder bloos es Fußvolk sinn,
hoscht nix zu sage – nix zu melde
un derfscht – wann ’s schief laaft netmol schelte!

Mer soll die alde Monarche ruhe losse. Die hätten wahrscheins kee Frääd meh heit. Bis uff ehner. Ich glaab wann der nochemol kumme dürft, der deht sich frääe. Dann dem hott mer arg U’recht gedaa. Was wär, wann de Bayern ehrn König Ludwig de Zwette, de Kini nochemol käm?

Ach Gott wann de Kini nochemol käm.

Des wäre wahrscheinlich schunn e Glück,
käm der Mann nochmol zurück,
denn mer - wie 's die G'schicht beschreibt,
in de See - de Doht mol treibt.

Gut - mer wääß - des walte Gott,
daß der üwwertriwwe hott,
Schlösser baut der - voller Prunk
un hott garnet Geld genung.
Hott gebaut – in seiner Zeit,
wie die Mächtige noch heit,
net viel billicher un klenner,
allerdings bedeitend schönner.
Awwer heit - ehr werren 's wisse,
möcht kee Schloß mer doch vermisse,
's wär e echtie Kataschtroph,
gäb 's heit net de Linderhof,
net Neuschwanstein - uff de Höh,
net denn Herresitz im See,
selbscht de Wagner wär vergesse.
Nee - mer kann heit kaum ermesse,
was es alles heit net gäbt,
hett der Ludwig net gelebt.
Abg'setzt hott mer'n - un entmacht
un heit isser hoch geacht,
awwer käm der widder heit,
käm zurück - in unser Zeit,

widder mit seim Kopp voll Bosse
un wollt Schlösser baue losse,
als mit Geld - des er net hott,
wär er widder schnell bankrott,
nee - ich will net weiter denke,
wahrscheins deht mer ’n ach ertränke.
Oder? Nee – en ganze Haufe,
müßt jo do glei mitversaufe.

Machen mer ‘s Kapitel zu,
loßt dem Kini ach sei Ruh,
des is wohl ganz sicher besser
un sie langen jo - sei Schlösser.

Un es muß garnet en Kaiser, oder en König sei, denn mer nimmie brauchen. Awer en annere könnt vielleicht mol widder kumme. Un des wär sogar ganz nötich, daß der nochemol käm. Awer ob der sei Frääd hätt, wann er sieht, was so in de ledschte zweedausend Johr in seim Name a’gericht worre is? Dann er hott uns jo wirklich e gutie Lehr hinnerlosse. Un fascht in jedem Haus hängt er, gequält, g’schunne un hiegericht. Als Symbol was ’me a’schtännische Mensch mit gute Idee’e alles bassiere kann.

Ach Gott wann de Jesus nochemol käm

Wann jetzt heit in Bethlehem,
de Herr Jesus nochmol käm,
deht der heit die Welt verschteh?
Der deht sage: „Jesses nee,
ja wu laafen ehr dann anne,
henn ehr net mei Lehr verschtanne,

Friede wollt ich eich doch sage,
alle soll'n ehr eich vertrage,
doch was ehr do heit so treiwe,
schämmt mer sich 's jo zu beschreiwe.

Was ehr alles a'gericht,
jeder so als guter Chrischt
un ehr treiwens immer weiter:
Werren ehr dann niemols g'scheiter?
Sehn ich Irland - 's is doch wohr,
ah do schträuwen sich die Hoor,
haagen uffenanner nei
un des wollen Chrischte sei?

Liewer Gott sinn ehr so dumm,
guggt in 's Evangelium,
aa do schteht 's - in klare Worte,
doch des Schtreite - Kämpfe – Morde
un so schlecht sei - wie ehr sinn,
aa so schteht do garnix drinn!"

Jedenfalls - es duht mer lääd,
hätt de Jesus heit kee Frääd,
sieht er - was sei gute Chrischte,
heit bereit sinn a'zurichte.
Un sei Lehr - die b'schtimmt was daucht,
Gott - was hott mer die mißbraucht.
Darum bleibt wohl Gottes Sohn,
heit beim Vatter - an seim Thron,
schickt ihn dann de Vatter runner,
wär 's wahrhaftich doch kee Wunner,

wann er segt: „Ich geh net los,
Vatter - die sinn hoffnungslos,
wegge denne - des is klaa,
geh ich net noch Golgatha!
For die Mensche – wu net denke,
nochmol mich an ’s Kreiz zu henke,
daß die mich graad nochmol quäle:
Vatter – nee – des deht graad fehle!
Emol hott mer do gelangt
Un – henn die mer des gedankt?
Nee – die sinn un bleiwen schlecht.“
Deht er sage – un hätt recht.

Darum nemmt ‘s als Tatsach hie:
Ach de Jesus kummt nimmie!

Was soll er dann dohunne heit mache. In dere Gegend wu er gewirkt hott. Vielleicht ging ‘s em wie dem Tourischt wu mit em Boot üwwer de See Genezareth fahre wollt. Un wie er de Preis g’höört hott, do mehnt er: „Sinner verrückt, for die korz Fahrt so viel Geld.“ Na - der Petrusnoochfolger wu sei Fischerboot vermiete wollt, der hotten uffgeklärt: „Was wollen ‘se dann. Üwwer denn See is de Jesus barfüßig drüwwergeloffe!“ Do hott der Tourischt gemehnt: „Des wunnert mich net - bei eiere Preise!“ Un des deht ihn sicher am wennigschte schtööre. In wieviel Krieg mer sei Kreiz schunn vorne her getrage hott, hiwwe wie driwwe. Des deht ihn wahrscheins meh uffrege. Un so sollen mer froh sei, daßer nimmie kummt, dann denken mol draa wie er im Tempel uffgeraamt hott. Der gute Mann konnt’ nämlich ganz schöö bös werre. Allerdings, de heilig Geischt könnt ruhig nochemol kumme um e paar zu erleuchte. Ich hab nämlich so ’s G‘fühl, in Berlin bei unsere Regierung war der noch net. Ob er vorher schunn emol in Bonn war? Do kammer ach Zweifel hawwe. Un mer kann oft ach zweifle, daß meer Mensche üwwerhaupt was lernen, selbscht wann in de Biwel schteht, daß mer mit 're verückte Idee, immer größer un immer weiter nuff, bloos Schiffbruch erleide kann. Schtellen eich doch mol vor der Nimrod kummt zurück, der wu den Turm zu Babel baue wollt un sieht was meer for Bosse machen, um in de Himmel zu gugge.

Ach Gott wann de Nimrod nochemol käm

Ach Könige aus alder Zeit,
sollten nimmie kumme heit.
's wär for die net a'genehm,
denkt bloos – wann de Nimrod käm.,
der wollt – voller Gottvertraue,
mol de Turm zu Babel baue.

Je was henn die Leit gemauert,
daß em jeder Schpeisbuu dauert,
schtännich sinn die dort gerennt,
weil mer Krane noch net kennt.

Dauernd ruft 's dort vun de Höh':
„Bringen Schpeis un bringen Schtee!"
un die Leit henn sich geplogt,
bis uff emol enner frogt:
„War do jetzt vun Schpeis die Redd?
Mensch – denn Kerl verschtehscht jo net."

Ach die annre Buuwe sage:
„Was will der – was soll'n mer trage,

Schpeis or Schtee – or Branntewei,
irgend ebbes musses sei,
daß die redden wie verdreht,
dasse jo kenn Mensch verschteht!“

Aus vorbei – mol im Vertraue,
was un wie dann soll mer baue,
redd allmählich – nooch un nooch,
jeder ball sei eige Schprooch?

Un sinn meer in uns’rer Zeit,
net schunn widder ball soweit?
Immer höher woll’n mer nuff,
immer meh un noch meh druff,
wann de Newemann dann redd,
schtehscht do – un verschtehscht en net.

Deht de Nimrod des heit sehne,
deht er doch vermutlich mehne,
daß mer net die Biwel kenne,
dann dort duht mer des doch nenne,
wie des war zu seiner Zeit
un – schunn widder is soweit,
daß de Größewahn uns treibt,
wie mer ’s vun dem Nimrod schreibt.
Druff un druff – ganz u’beerrt,
bis de Herrgott läädisch werd.

Gott sei Dank – do hemmer Glück,
’s kummt ach kenner meh zurück,
der vor viele Johre g’schpunne
un dobei sein Määschter g’funne.

Doch ich will net bloos uff annere zeige, ich muß mich for mei eigenie Verwandtschaft genung schämme. Dobei hab ich immer geglaabt, des wären a'schtännische Leit. Bis ich mol erfahre hab, wie schlecht die sinn. Dann die henn all jo e schwarzes Konto. Un wie schlimm des is, wammer schwarze Konte hott, na des hott mer jo in dem Johr erfahre. Vun denne wu kenns henn - oder mer 's mindeschtens net nochweise kann:

Mei schlechtie Verwandschaft

Mei liewie Oma - Barbara,
des war e gutie bravie Fraa,
doch in ehrm Schrank - ganz owwe nuff,
do war e Dos' - 's schteht Sago druff,
doch wann ich richtig mich besinn,
do war dort niemols Sago drinn,
'S war drinn - sie war zwar selte voll,
des Geld - wu niemand wisse soll.

De Oba - ach en Ehremann,
hott uns was g'schenkt - so dann un wann,
doch immer mit de gleiche Redd:
„Gell - Kinner - gell verroten 's net,
des Geld - gell kenner segt mer was,
des is aus meiner Dubbeskass'!"

Wann mol mei Mutter kaafe wollt,
was net de Vatter wisse sollt,
do duht 'se häämlich korz verschwinne
un - scheints per Zufall - ebbes finne,

e Dösel - wann ich mich besinn,
do war halt immer ebbes drinn.

De Vatter - Gott - der war zufriede,
doch wollt er uns mol ebbes biete
un ‘s war die Mutter dann degege,
do find er - was en reiner Sege,
oft Geld - des niemols ehns vermißt
vun dem ach kenner was gewißt.

Mei Fraa - oh je - wie soll ich sage,
duht plötzlich e nei Halskett trage.
Vun meer - do halt ich jedie Wett,
vun meer - do hott ‘se ’s Geld jo net,
drum hab mei Fraa ich im Verdacht,
die hott e bissel Schmuh gemacht
un hott - aa jetzt verreckt die Welt:
Ich glaab mei Fraa hott Dubbesgeld.

Ich selwer - ich hab kenns - ehr Leit,
zumindescht wääs do kenns Bescheid,
e bissel, ‘s könnt jo möglich sei,
hab ich glaab ach - so newebei.
So Geld - do derf mer nix vun wisse
doch ‘s macht mer kee Gewissensbisse.

Ach Gott - jetzt werd mer ‘s doch zu g’fährlich,
mei ganz Familie is net ehrlich,
wu jeder Dubbes macht - un Schmuh
un ich - g’hör selwer ach dezu.
Mer sinn jo e Verbrecherwelt,
ehr henn beschtimmt kee Dubbesgeld,

ehr liewe Landsleit - Fraue - Männner
un wann - mein Gott - es wääß jo kenner
un 's is - so lang 's jo net bekannt,
doch eigentlich dann ach kee Schand.

Un trotzdem muß mer sich schunn schämme, wammer heit vun denne Leit, die noch net mit schwarze Konte verwischt worre sinn, höört wie schlimm des is, wann enner sowas hott. (Wubei mer net so genau wisse kann, ob die kennie henn.) Un wie sich manche uffrege können, wann 'se enner bei 're Lüg verwischen. Ow - do merkt mer was es for ehrlich Leit gibt. Die henn in ehrm ganze Lewe noch nie geloche. Ich üwwerischens ach noch nie. (Ausser vielleicht grad im dem Aacheblick)

Die Nuß

Drei Buwe schpielen uff de Gass,
uff emol finnen 'se dort was,
e wunnerschönie großie Nuß,
doch jetzt do gibt des en Verdruß,

Wer kriegt die Nuß - un ißt 'se dann,
die mer durch drei net dääle kann?

Do hott der ehne e Idee
un schtreckt de Finger in die Höh:
„En jeder duht e Lüg' verzähle,
jed' Fünkel Wohrhäät muß drinn fehle,
wer 's beschte lügt - der kriegt am Schluß,
dann ganz allee for sich die Nuß!"

In dem Moment - bei denne drei,
kummt graad de Herr Prälat vorbei:
„Ihr Kindlein - nein - ich muß euch rügen,
man darf doch nie und nimmer lügen.
Das wäre doch sehr ungezogen.
Ich selbst - ich hab noch nie gelogen!“
„’s is gut,“ henn do die Buwwe g’saat,
„die Nuß - die kriegt de Herr Prälat!“

Ich glaab die Buwe henn e salomonisches Urteil g’fällt. Drum hüt’ ich mich ach vor denne wu sich allzuehrlich gewwen. Doch meer henn ach gute Verwandte, unser Bäsel Adele zum Beischpiel, die wu mer immer bloos es Häbersche genennt hott, weil ‘se dauernd hie un her gerennt is, trotz ehrm Rheumadismus. Dann domit war ‘se schunn manchmol g’schtrooft. Awer es hott ach sei gute Seite g’hatt, denk ich oft heit, wann ich de Wetterbericht im Fernseher sehn, dann mimm Wetter hott ’se sich ausgekennt:

Wann unser Bäsel Adele nochemol käm

Do hinne aus em Weschtrichland,
so ziemlich aus de Kus’ler Kant,
war unser Bäselche Adele
un die duht heit em Fernseh fehle.

Warum? wann des jetzt enner froogt,
die war mit Rheimadis geploogt
un war - des kennt jo, glaab ich, jeder,
es allerbeschte Barometer.

Wann ‘s dere in die Knoche g’schosse,
do konnt’ mer sich dann druff verlosse,
geht bloos die Bäsel bissel krumm,
do wääß mer: Ball schlägt ‘s Wetter um!

Heit - simmer uns doch emol ehrlich,
sinn solche Leit jo schunn entbehrlich,
dann Owends - noch de Dagesschau,
erklärt mer uns doch ganz genau,
wie schlecht - un manchmol ach wie gut,
die Woch es Wetter werre duht.

„Ab Morgen ist es dann bewölkt,
wobei auch etwas Regen fällt
und übermorgen gibt es Schauer,
danach folgt Regen - nicht von Dauer
und gegen Wochenende dann,
fällt etwas Regen - dann und wann.
Und manchmal trübe - manchmal heiter,
geht es die nächste Woche weiter,
wobei in läng’ren Intervallen,
dazwischen Regentropfen fallen!“

So duht mer des heit formuliere
un des deht ach die Bäsel schpüre,
die Bäsel awwer segt dann so:
„Die ganz Woch regents - hie un do!
Mol ab un zu - mol in eh Loch,
so bleibt ‘s ach noch die kummend Woch!“
Doch wammer ‘s jetzt genauer nimmt,
segt des die Bäsel - dann hott ‘s g’schtimmt,

berechent heit - vun g'scheite Herre,
kann 's Wetter noch ganz annerscht werre.
's is niemand Rheimadis zu gönne,
doch hoscht dich druff verlosse könne.

Ja - 's is halt alles so wie 's is,
e aldie Fraa - mit Rheimadis,
die is - do will ich garnet hetzte,
net durch Kompjuter zu ersetze.
Käm unser Bäsel - häämlich - leise,
nochmol zurück - die könnt 's beweise.

Sie kummt nimmie - die Adele un es hätt ach kenn Wert, mer deht de Wettersatelitte meh glaawe. Doch bei de Bäsel ehrm Rheismadissmus fallt mer ach noch unsern gute alde Herr Dokter ei. Der wu mimm Fahrrad Hausbesuche gemacht hott. Un mit ganz efache Mittel de Bäsel ehr Rheuma behannelt hott: „Wann eier Katz verreckt - loß 're 's Fell abziehe. Wick'len des um die wehe Schtelle. Un bis die Katz die Kränk hott kennen ehr eich mit 'me Säckel voll Kerschekeern helfe. Im Backofe warm mache un ufflegge!“ Der hott mit de Krankekasse kenn Huddel krieht, sei meischte Mittel waren net rezeptpflichtich:

Ach Gott wann de alde Herr Dokter käm

De Dokter Kling - ehr liewe Leit,
de beschte Dokter - weit un breit,
de ehnzich ach - im ganze Bann,
wie mer kenn bess're wünsche kann.
Der glaabt noch an die Heilungskraft,
vun Knowwloch – un vun Rüwesaft,

hott Bauchweh noch mit Schnaps kuriert,
in schlimm're Fäll ach mol klischtiert.

Un kummt de Kreislaufschwäche bei,
mit Rotwei – Zucker – un 'me Ei,
in enner Kaffeetass verkleppert
un efach schlickelweis geleppert.

Der konnt ach - ohne Ultraschall,
bei Schwangerschaft - in jedem Fall,
em sage - uff de Kopp druffzu,
ob des e Mädche werd - or 'n Buu.

Kam mol e Fraa - die schwanger war,
er fühlt de Bauch - dann segt er: „Klar,
ein Mädschen gibt es - gute Frau,
man spürt 's am Herzton ganz genau!"
Dann nimmt er 's Buch - schreibt nei: En Buu!
Un klappt de Deckel widder zu.

Kam alles so wie er des g'sagt,
hott sich nadierlich kenns beklagt,
doch is ehns reklamiere kumme,
do hott er 's schlaue Buch genumme:
„Hier steht - daß es ein Junge wird,
sie seh'n - ich hab mich nicht geirrt!"

Do gibt 's dann ach kenn Widderschpruch,
de Dokter - oder 's schlaue Buch,
ehns hott halt g'schtimmt - uff jeden Fall
un wie g'saat - ohne Ultraschall.

Heit müßt er denn wohl ach bemühe,
schunnscht könnt er doch schunn Ärger kriehe,
dann de Reschpekt for Doktersleit,
is nimmie ganz so groß meh – heit,
so leicht kannscht niemand meh verdumme:
Drum werd ach deer wohl nimmie kumme.
Schunn deshalb – weil dort zwanzich heit,
wu er allee – in seiner Zeit.

Ja – zwanzich Arztpraxe sinn 's sicher – dort wu er allee praktiziert hott un dobei war sei Wartezimmer nie so voll wie heit bei denne zwanzich. Des is schunn en Fortschritt. Un 's war halt in die gut ald Zeit. Ja – Ja:

Wann die gut ald Zeit nochemol käm

So war 'se halt - die gut alt Zeit,
es war gemütlicher wie heit.
Was war 's gemütlich doch dehääm,
was war des Lewe a'genehm,
des Lewe könnt em heit noch locke,
gemütlich um de Ofe hocke,
der brummelt wie e Murmeldier.
's is efach nimmie so wie früher.
Heit - muß es was modernes sei,
am sechse schalt die Heizung ei,
de Kaffee kocht im Automat,
derweil geht mer in's warme Bad,
un duscht - des g'hört sich schließlich so
un warmes Wasser is jo do.

Mer backt sich dann die Brötcher uff,
schmeert Marmelad un Butter druff.
Früher war des annerscht noch im Haus,
am fünfe is die Mutter raus,
sie hott die Äsch dann ausgeleert,
de Kücheboddem ausgekehrt,

duht jetzt mit A'machholz net geize,
de Kücheherd erscht a'zuheize.
Oft hott 'se dreimol sich bemüht,
weil als de Schornschtee net so zieht,
do war die Küch als meh voll Raach,
als daße warm - an so 'me Dach.

Jetzt hott de Kaffee 'se gemahle,
gebrennt aus Korn, Zichorieschale,
dann hott de Vatter uffzuschteh
un wäscht sich korz - am Wassertschtee.
warm Wasser gibt 's - per Schoppeblech,
die Kinner machen Katzewäsch.

Dann werd de Kaffee uffgedischt,
die Latwerchbrote werr'n gericht,
ehns kriegt mer noch zum Frühschtück mit,
die Kinner henn halt Abbedit,
die Mutter muschtert 'se noch schnell,
de Vatter laaft zur Arweitsschtell,
dozu war 's nämlich högschtie Zeit
un 's war oft kilometerweit.
Die gut ald Zeit - for siebzich Johr,
ach Gott wie war 's dort noch so klor,

doch jeder merkt wohl doch allmählich,
wer dodraa glaabt - der werr halt selich.

Schöö isses - wammer dovun schwärmt,
wie gut de Kücheherd gewärmt,
doch wer ging heit noch morjens raus
un heizt en aa - im kalte Haus?
Damit er dann ach richtig brennt,
wann alle ann're ausgepennt.
Do is mer unser Heizung liewer,
geregelt mit 'me klenne Schiewer.
Un die am sechse pünktlich brummt,
weil 'se allee in 's Brenne kummt.

Obwohl - ich denk als selwer heit,
's war trotzdem jo e schöönie Zeit
un geb debei ach jedem recht,
sie war jo doch net ganz so schlecht
un trotzdem, mol genau genumme:
Sie braucht beschtimmt nimmie zu kumme!

Trotzdem – ehns mehn ich, war halt doch besser un vor allem schönner wie heit. Hoscht halt noch Unkle un Tante g'hatt als Kerwegeldlieferante un Cusäng oder Cusinscher. Ball henn des die Junge kaum noch, Na – sie vermissen des jo wahrscheins net, dann sie wissen 's jo net wie schöö des is. Un sie brauchen 's ach net, dann am Kompjuder schpiele, oder vorm Fernseher hocke kammer ach allee. Trotzdem – klor war 's un darum:

Nochemol – die gut ald Zeit

Ich red – en jeder wääß Bescheid,
gern vun de gute alde Zeit,
die allerdings – un des is klar,
so gut jo meischtens garnet war.
Selbscht Kaiser, König, ’s war halt so,
die hotten noch kenn Wasserkloo,
die hotten zwar genung zu Esse,
doch donooch uffem Ämer g’sesse.

De meischte awwer – jedenfalls,
in Baden, Kurpalz un de Palz,
es Fußvolk also – so wie meer,
do blieb gar oft de Mage leer
un ’s konnten sich die allermeischte,
kenn Wei un kee Glas Bier oft leischte.
Un sicher war ’s ach kee Vergnüge,
betäubungslos en Zah zu ziege,
vum Dorfschmidt, mit ’re große Zang,
’s werd em schunn beim draa denke bang.

Un die Tablette – liewe Leit,
die tonneweis mer schlicke heit,
dosiert un sorgsam abgezählt,
damit uns jo kee Weh-Weh quält,
die heit mer unabdingbar nennt,
die hott mer ach noch net gekennt.

Es gäb e Lischt – die wär u’endlich,
vun dem – was heit so selbschtverständlich

un ’s in de gute alde Zeit,
beschtimmt net gewe hott – ehr Leit.

Ehns allerdings war früher schönner,
dann heit sinn die Familie klenner,
wu Kinner bis an ’s Lewensenn,
kenn Bruder un kee Schweschter henn.
Bei ehner Dochder – oder Sohn,
hott in ’re weitre Genration,
mer schließlich ach kenn Cusäng meh,
so bleiwen die Familie klee,
mer hott kenn Unkel un kee Tante,
korzum – mer hott noch kaum Verwandte.
Des is ’s Problem – in uns‘re Zeite,
do duhne viele drunner leide.
Beim Erwe isses jo ganz klor,
kummt niergends e Verwandschaft vor.
Doch schunnscht – ehr Dame un ehr Herre,
do kammer schunn recht einsam werre.
Un trotzdem finn ich, ’s is e Glück,
die gut ald Zeit kummt net zurück.

Ja – sie braucht trotzdem beschtimmt nimmie zu kumme! Die gut ald Zeit, wu mer mimm Kücheherd ’s ganze Haus geheizt hott. Oder noch früher, wie mer owends unner de Petrolium-funzel sitzt un ’s Hoflicht is durch e Kerz ersetzt worre. Dann mer hott ach mol in des Haisel draus gemüßt wann ’s dunkel war. Un do schießt ’s mer graad so durch de Kopp:

Wann ‘s kenn elektrische Schtrom meh gäb.

Manchemol do duht ‘s en Knall
un dodenooch is Schtromausfall.
„Gott!“ so segt mer - „‘s is kee G ‘schicht,
hemmer kee elektrisch Licht,
sowas geht emol e Schtunn,
‘s is jo hell - am siwwe schunn!“
Doch mer bleibt sogar im Bett,
dann de Wecker geht jo net,
doch mer werd durch Schtrooßekrach,
irgendwann jo trotzdem wach.

’s werd kee Uhrzeit a‘gezeigt,
ab in ‘s Bad, ’s warm Wasser schtreikt
un ach kenn Rasierer brummt,
wann nix aus de Schteckdos kummt.
Gut - dann werd sich a’gezoche,
doch wie soll mer Kaffee koche?

Also trinken mer en Saft,
de Entsafter hott kee Kraft,
Eierkocher? Der bleibt kalt,
kummscht der vor - als wie im Wald.
Ach des tragbar’ Telefon,
gibt netmol en Summerton.

De Fahrschtuhl hängt, drinn kloppen Leit,
mer nimmt die Trepp - ‘s werd högschtie Zeit,
‘s Garaschedoor - elektrisch g’schalte,
des duht scheints ach Siesta halte,

do nimmt mer halt die Schtrooßebah',
doch 's kummt schunn Schtunne kennie aa.

Mer bleibt dehääm fühlt sich zum Kotze
un kann noch netmol Fernseh klotze.
Die Fraa - die kann de Schtaab net sauche,
kee Schreibmaschin is zu gebrauche,
kannscht ach net mimm Kompjuder schreiwe,
am Beschte wär 's im Bett zu bleiwe,
des wär es allerefachscht halt,
dann langsam werd die Wohnung kalt.
Kenn Frisöör der schneid heit Hoor,
ja - mer kummt sich hilflos vor,
ball do hemmer de Salat,
die Kühltruh hot noch siwwe Grad,
's Flääsch fangt a schunn uffzutaue,
langsam krieht mer 's große Graue.
Ach kenn Zahnarzt kann heit bohre,
ja - ehr Leit - meer sinn verlore,
wann - aus Kohle - Öl - Atom,
mer bloos drei Schtunn emol kenn Schtrom.

Des wär dann halt widder wie in de „gude alde Zeit." Trotzdem - schöö war 's wammer uff de Gass g'schpielt henn - Lännels un Nochlääfels. 's waren jo kaum Autos uff de Schtrooße, högschtens e paar Bulldog. Die vun alde Vetter Lanz aus Mannem. Hochmoderne Dinger, mit Eiseräder, högschtens mol mit 're Vollgummibereifung. Erfunne vumme Herr Dokter Huber un denn dann 's Lanze gebaut henn. Un was deht der Dokter Huber oder de alde Heinrich Lanz denke wann 'se heit die Nachfolger vun deere Erfindung sehne könnten:

Ach Gott wann de Fritz Huber käm

Beim alde Lanz – denn jeder kennt,
erfind' mer, was mer **Bulldog** nennt.

En g'scheite Mann – de Huber Fritz,
erfind' e Zugmaschin – mit Sitz,
do kann de Bauer druff sich setze
un 's duht sofort vier Gail ersetze.
Un hott debei – was net geloche,
drei große Rolle noochgezoche.
Un weil er wie e Bulldog sieht,
do hotter halt den Name krieht.

Heit kummen bess're Name vor,
wie Schlepper – oder ach Traktor,
doch hott mer 's damals schunn erfasst,
drum **Bulldog** – des hott gut gebasst.
Obwohl – ehr henn 's beschtimmt gelese:
Heit duht jo Bulldog Kampfhund hääße.
Doch bullig war der a'zusehe
Un garnet leicht mit umzugehe.
Dann schließlich macht er furchtbar Krach
Un g'fährlich war er manchmol ach.

Erscht muß emol die Lötlamp brenne,
schunnscht hott mer garnet schtarte könne.
Un brennt die dann – noch viel Bemühe,
bringt de Zylinder mer zum glühe,
drum schtellt mer jo die Lötlamp drunner,
donooch do holt mer 's Lenkrad runner,

des kummt an e besondrie Schtell,
am Motor – uff die Kurwelwell.
Jetzt hott mer dann – so fescht wie ,s geht,
des Lenkrad ordentlich gedreht
un noch so drei – vier Schtartversuche,
mit Muschkelkraft – un kräftig fluche,
mit Glück – mit Bete un mit Hoffe,
do isser endlich a'geloffe.

Des war e Ärwet – un e Kunscht,
de Hof war voll – mit blooem Dunscht,
bis endlich dann der Bulldog geht,
dann guggscht ob richtig rum er dreht,
was widder net ganz efach war
un dann war endlich alles klar.
Wie g'saat – nadierlich bloos mit Glück,
Es Lenkrad schteckt mer dann zurück
Un des Gerät – des wunderbare,
war endlich jetzt bereit zum fahre.
Mit Pfomm, Pfomm, Pfomm un schwarzem Raach,
do laaft der jetzt – de ganze Dach.

Dann loßt mern bloos e halb Schtunn schtehe,
geht ,s widder los – mit A'zudrehe.
Erneit mit allerhand Finesse
un dodruff war mer net versesse.

Die Erschte fahr'n uff Eiseräder,
dann Vollgummi – e bissel schpäter,
es war e hollbrich schwerie Zeit,
wie is des mit dem **Bulldog** heit?

De Schlepperfahrer heit schteigt ei,
dann schalt er ’s erscht de Radio ei,
dreht dann de Schlüssel, leises Brumme,
die Drehzahl schteigt – hörscht noch e Summe,
die Klimaa’lag schalt sich ei,
im Winter kann ’s die Heizung sei,
de Sitz verschtellt sich nooch Gewicht,
donooch verlischt es Innelicht,
vermutlich halt um Schtrom zu schpare
un jetzt kannscht mit dem Schlepper fahre.
Was for e G’fühl der Huber krieht,
wanner moderne Schlepper sieht?
Mit viele hunnert Pferdeschtärke,
doch sollt mer sich debei ach merke,
de erschte Lanz in seiner Zeit,
des war en großer Fortschritt – Leit,
doch käm der Huber heit zurück,
sieht ’s alde – neewerm neie Schtück,
was deht der for Gedanke krieh?
Ach do is gut: Er kummt nimmie!

Un do kummt mer noch so en Kurpälzer in de Sinn: ’s Benze ehrn Carl. Der wär sicher glücklich wanner die Entwicklung vun seiner Erfindung sehne deht. Ob er sich awer ach üwwer de Firmename frääe deht. Oder sei Berta – die deht sich awer sicher frääe, wann ’se sieht wie viel Fraue doch ganz gut Auto fahre können. Obwohl ich des als Mann net zugewwe derf, weil Fraue halt net Autofahre können. Ausser wann de Ald mol vollg’soffe is, dann geht ’s:

Ach Gott wann die Berta Benz nochemol käm

Die Berta Benz – die Fraa vum Carl,
war kuraschiert, mer kennt denn Fall
vun Mannem bis noch Ladeburch,
fahrt die – in ehnem Ruck fascht durch
un tankt dann uff dem weite Weg,
'ˢ Benzin dort – in de Abodhek.

Die Fahrt war sicherlich net leicht,
viel hott mer seid der Zeit erreicht
un so e Auto fahrt sich heit,
viel leichter wie in alder Zeit.
Un ach am Schprit kannscht heit was schpare,
muscht net in Abodheke fahre,
obwohl – jetzt graad do in dem Johr,
do kummt 's em manchemol so vor.

Dann bei de Öle un Benzine,
do will heit jeder halt verdiene,
de ehnzich – wu dobei beschisse,
des is de Tankwart – 's sollt mer wisse.
Der – in de lange Reih am Schluß,
der kriegt de klennschte Obolus.
Konzerne – Ölscheich un de Schtaat,
die langen zu – es g'höört mol g'saat,
wobei die Berta Benz am End,
des sicher ach net änn're könnt.

Un was wär?

Wann de Carl Benz nochemol käm

E Auto – vor gut hunnert Johr,
des war e Kutsch mit 'me Modor
un zwischem Auto – so wie heit,
do liggt net bloos e langie Zeit,
die mittlerweile jo verschtriche,
nee – Welte liggen do dezwische.

Dann bei dem alde Requisit,
do brennt jo 's Licht noch mit Karbid
un a'gedreht – wie wohl bekannt,
hott mer 's mit Kurwel – un vun Hand.

Mit so 'me Auto – Gott bewahre,
do könnt mer heit jo nimmie fahre,
des duht doch jeder wohl verschtehe:
Heit musses elektronisch gehe.
Doch sag ich ehrlich mol – un offe,
em Benz sei Auto is geloffe,
doch trotzdem dort so wennich draa,
do schpringt des öfter garnet aa.
Net viel war – um kaputt zu gehe
Un trotzdem bleibt des öfter schtehe.
Heit wunnert sich doch ball schunn jeder,
nooch hunnertdausend Kilometer,
wann mit seim Auto – un Verdruß,
er emol in die Werkschtatt muß.
Ja – ja – ehr Leit, mer mehnt jo norre,
die Autos sinn schunn besser worre

un de ald Benz – deht er ehns sehe,
der deht die Welt nimmie verschtehe,
was er mit deere ganze G'schicht,
do üwwerhaupt hott a'gericht.

Wer duht heit alles Autos lenke,
's is efach nimmie wegzudenke
un des in gute hunnert Johr,
mer glaabt 's fascht net – un doch is wohr.
Un es ersetzt net bloos die Gail,
ne – ach Kamele – mittlerweil,
de Muli – Esel – Elefant,
mer braucht des heit in jedem Land
un 's sinn doch graad erscht hunnert Johr,
devor kummt 's üwwerhaupt net vor.
Un heit des sinn kee Worte - leere:
Es Auto kammer net entbehre.

Un es muß zuverlässich sei,
mer setzt sich voll Vertraue nei,
de Schlüssel der werd rumgedreht
un Gnade Gott wann 's dann net geht.

So schnell kann 's gehe – liewe Leit,
doch käm de Benz mol widder heit,
deht heit e neies Auto sehe,
demm deht glaab Maul un Nas uffschtehe.

Ja – ja – un selbscht ich kann mer kaum vorschtelle wie des in hunnert Johr erscht is. Jedenfalls hott die Erfindung die Schtrooße leerg'fegt. Glaawen ehr net? Ehr mehnen graad 's Gegedääl? Ja – schtimmt – awer schpielen noch Kinner uff de Gass? Bevor sich die Autos durchg'setzt henn, do hemmer noch Gliggerles uff de Gass g'schpielt. Un wann e Auto kumme is, dann hemmer des schunn vun weitem g'höört. Meischtens hott mer sogar gewißt wer drinnsitzt, dann 's waren net viel wu durch 's Dorf g'fahre sinn. Un immer waren 's hohe Herre, drum hemm er jo ach die Kapp abgezoche, wann so e Dampscheeß vorbei g'fahre is. Un 's Gliggerslesschpiele is halt mol unnerbroche worre. Obwohl des jo schunn wichtig war. Drum hemmer sogar drüwwer g'sunge. Ich hoff – jeder wääß noch was Gliggerles[2] is:

Zwee Buwe schpielen Gliggerles un kriehn
minnanner Krach,
geb du mer mol mei Gligger her - schunnscht haag
ich der uff 's Dach
un wann 'd mer net mei Gligger gibscht - du
Herrgottsakrament,
do werscht du an die Wand gebabbt,
dann hoschte glei die Krenk!

Dann kummt de Refrää un noch e paar Schtrophe – die jeder richtige Pälzer kennt. die muß mer do net abdrucke, awer is eich debei schunn uffg'falle, daß alle Schtrophe bloos for die Buwe sinn? En glatter Verschtoß gege die Gleichberechtigung. Na sowas, wu des doch im Grundg'setz verankert is: Mann und Frau sind gleichberechtigt. Des gilt doch ach for die Pälzer Mädle. Drum hab ich ach e paar Schtrophe for die Mädle gemacht: Nooch de Melodie: Ich bin en echter Pälzer Buu:

---

[2] Murmelspiel

Ich bin e echtes Pälzer Kind,
die schöönscht in uns'rer Gass
un wann en Buu mer dabbisch kummt,
verschteh ich garkenn Schpaß.

Ich hör mer kee Gebabbel aa,
des is mer viel zu dumm,
dem haag ich an sein Griewehals,
do fallt der hortich um.

Refrain: Horch do mol hie, des klingt ganz pälzerisch,
Vallerie juchhee,
voller Witz un voller Schneid, so babblen do die Leit,
vor 'so 're Ausdrucksweis hott jederman Reschpeckt:
Des is un bleibt en u'verfäschter Pälzer Dialekt!

Ei du Rotzer du verwöhnter,
ei du Dabbsdrei du Kanuff,
ei deer klopp ich uff de Wersching,
ja do schtehscht du nimmie uff.

Ei du hoschte wohl zu Lebdag
noch kee richtig Koppeloch,
wann ich der an dein Knerzel haag,
dann hoscht du 's awwer doch.

Refrain: Horch do mol hie, ...

Un gibt 's mol um die Buwe Schtreit,
ja do fackeln meer net lang,
en Fremme wu vorbei graad geht,
dem werd 's dann richtig bang.

Die Wörter wu do fliegen,
üwwer Trottwar un de Hof,
beherrscht e jedes Pälzer Kind,
ja die können mer im Schloof.

Refrain: Horch do mol hie,............................

Ei du Trottwarschwalb - du Flittsche,
ei du Goije du Schadeeg,
ei dich nemm ich am Schlawittsche,
geh mer künftig aus em Weg.

Ei du werscht mer doch net glaawe,
daß du schönner bischt wie ich,
aa was widd dann, scheelie Atzel,
wart wann ich dich mol verwisch.

Refrain: Horch do mol hie............................

Ei du Lumbegundel - Chinoos,
ei du abgenagtes Reff,
waart nor ab du aldie Schlambel,
wann ich dich im Dunkle treff,

Ei dann kriegscht ehns uff dein Werwel
ei do guggschte wie en Frosch,
so e G'schteck mit schtracke Zwerwel
un mit so 're freche Gosch.

Refrain: Horch do mol hie……………………..

Doch meer können jo ach lieb sei
un dann tönt 's aus uns're Schnuß,
süsser Schisser - liewer Schiewer,
goldisches Rinozerus.

Kumm mol her zu deiner Herzkersch,
guter alder Hampelmann,
duh dich norre net scheniere,
daß ich dich verknotsche kann.

Refrain: Horch do mol hie, ...

Un jetzt singen mer gemeinsam,
in der schööne Pälzer Schprooch,
die is offe un is ehrlich
un die macht uns kenner nooch.

Pälzer Mädle - Pälzer Buwwe,
edlie Rass un edles Blut,
simmer manchemol ach Krischer,
's werd halt immer widder gut.

Refrain: Horch do mol hie..........................

So - ich hoff jetzt is em Grundg'setz Genüge gedaa. Un jeder wu des Lied singe will, der derf des - ich genehmischs ausdrücklich - bis auf Widerruf - falls mer doch mol enner Geld defor gewwe will. Un g'sunge höört sich unser schööonie Schprooch jo fascht noch besser aa, als wie gebabbelt. Obwohl 'se ach g'schproche schunn ehr Reize hott, drum babbelt 'se jo ach jeder noch.

Pälzisch

Unser schöönie Pälzer Schprooch,
babbelt heit fascht jeder noch
un uff dere Welt - de weit,
höört mer fascht bloos Pälzisch - heit.
Duhscht emol die Ami hööre,
mehnscht fascht - daß des Pälzer wäre.
Mail Box - Hearing - or Ivent,
sei als Beischpiel bloos genennt,
Midlifcrisis - Team or Crew,
g'hööm als Beischpiel mit dezu,
Chewing Gum - ach City - Slum,
henn die graad so im Programm,
Casting - Camp - un Opening,
Slip un stand by - Cätering
open air - un swimming pool,
shit - des hääßt uff hochdeutsch Schtuhl,
all die Wörter - 's is doch wohr,
kummen ach im Pälzisch vor,
so wie Switchbox - oder Dimmer,
die Franzose sinn noch schlimmer,

sagen Trottwar - un Choose,
Chääselong - un Portmannee,
Waschlawor - Barblee - Scherschant,
alles Pälzisch - wie bekannt.
Un ach Bilett un Curasch,
or Barriere un Bagasch,

grad wie Schandarm un Schöfföre,
mehnscht als graad dehtscht Pälzisch hööre.

Selbscht die Römer - Italiener,
reden so wie unser ääner,
Ballerina - or Risotto,
oder ach fortissimo,
alle babbeln unser Schprooch,
uff de ganze Welt heit nooch.

Ach de Russ - der segt dawei,
wann er mehnt: Hopp - kummen glei,
manches duht gar bei Chinese,
grad so wie uff Pälzisch häässe,
hör ich doch jo graad die Dage,
enner Hoi – was Pälzisch – sage.
Dodurch werd em jetzt gewiß,
dasses Pälzisch Weltschprooch is.

‘s is so - un werd immer sei,
fallt em weiter nix meh ei,
babbelt mer in fremmer Schprooch,
efach halt als ebbes nooch
un es schpricht ach nix degege,
brauchscht dich drum net uffzurege
darum kammer unnerschreiwe:
Pälzisch werd schtets Pälzisch bleiwe.

Un mer scheint es is ganz gut, daß uff de ganze Welt Pälzisch geredd werd. Ach in Amerika. Schließlich henn die alde Mackebacher denne jo ach unser schöönes aldes Liedgut nüwwergebroocht. Na des war früher – Ich hab sogar mol g'höört, die Mackebacher hätten „Oh Pälzer Land wie schön bist du!" g'schpielt wie de Kolumbus drüwwe gelandt is. Ach Gott un jetzt schtell ich mer graad vor, was wär

Wann de Kolumbus nochmol käm

Werd der Mann nochmol uffgeweckt,
der wu Amerika entdeckt
un ausserdem 's Kolumbusei,
ach des dürft problematisch sei.

Sieht der wie alle heit prowiere,
Amerika jetzt zu kopiere,
in Lewensart – sowie in Schprooch,
do schtellt der sicherlich die Frooch:
„Was gibt 's dodrüwwe dann for Sache,
for die 's sich lohnt 'se nochzumache?
Ja hott Europa mit de Johre,
sei eigenie Kultur verlore?
Ehr sagen zu de Kinner Kids.
Un zu de Lieder ach noch Hits
Un singen in 'me Kauderwelsch,
do glaabt mer jo 's tritt em en Elch.

Do denkt mer fascht ehr dehten schpinne,
ehr Leit – jetzt duht eich mol besinne,
des hätt ich früher solle wisse,
do hätt ich nix entdecke müsse,
die Fahrt – fascht um die halwe Welt
un des noch mit gelehntem Geld,

wann mer bedenkt was heit bassiert,
do hott die Fahrt sich net rendiert.

Dort wu Kultur noch wär zu hole,
dort hott mer damals alles g'schtohle,
es Inkaland macht mer bankrott,
graad weil mer alles g'schtohle hott,
was wertvoll war hott mer entfernt,
doch nix vun de Kultur gelernt.

Die Ureiwohner vun dem Land,
die bringt mer um – 's is jo e Schand,
mer hott 'se aus ehrm Land vertriwwe:
Mensch wär ich bloos dehääm gebliwwe.
Mer duht de Leit jo alles nemme,
Oh liewer Gott – ich muß mich schämme!"
So deht wohl heit in uns're Dage,
vermutlich de Kolumbus sage.

Un wer 's genau betracht sieht ei,
der hott kenn Grund heit – schtolz zu sei.
Die Büffel – die wu 's Volk ernähre,
die bringt mer um – mit de Gewehre,
ergreift Besitz – ganz u'gehemmt,
klar – daß sich der Kolumbus schämmt.

Der kummt nimmie – der wär jo blööd,
selbscht wann des werklich gehe deht.

Obwohl – er mehnt 's jo damals gut,
wääß net – was dann bassiere duht

un wer – will er es Schicksal lenke,
duht schließlich an die Folge denke.

Un drum – do bin ich mer gewiß,
bleibt ach Kolumbus wu er is.

Ja – Ja – do dürft was draa sei . Doch unser ausgewannerte Pälzische Vorfahre waren an dem was bassiert is sicher net schuld. Mer Pälzer waren immer a'schtännische Leit. Des kann ich sogar beweise, daß meer immer liewe, ordentliche Leit waren. Un jetzt bassen emol uff: Durch Forscht, des is der klenne Weiort mit denne große Weilage, is in de früherer Johre, als de Herr Kammergerichtsleser Felix Christoph Traberger geloffe. Des war so en Art Nodär. Un der hott am achte September im Johr Sechzehunnert, also, genau vor vierhunnert Johr, uns Forschter e Schtiftung vermacht. Verzich Gulde, mit zwee Gulde zu verzinse un vun denne Zinse, so hott er a'geordent, is for die arme Leit un die Kinner jährlich e Schpeisung durchzuführe. Jetzt gibt 's zwar gottseidank in Forscht kee arme Leit meh un hungriche Kinner schunn glei garnet, awer die Schtiftung gibt 's noch. Un was wirklich e Wunner is: Die Urkunde gibt 's ach noch. Die hott also de dreißichjährig Krieg, die verschiedene Erbfolge- un Revulutions- un annere Kriege üwwerlebt. Meer bassen halt uff unser Sach uff. Un in deere Urkunde schteht, daß er de Forschter des Geld vermacht hott, weil 'se halt so a'schtännische Leit sinn un weil ihn die liewe Kinner immer so freundlich gegrüßt henn. Un des schtimmt alles jo ach heit noch. Meer sinn noch immer a'schtännich un noch immer hemmer liewe Kinner, bloos mimm Grüße is es halt nimmie so weit her. Awer ich glaab do sinn die Kinner net schuld draa. Doch lossen mer des Thema. Schtellen mer liewer die Froog:
Was wär, wann de Felix Christoph Traberger nochemol käm?

Ach Gott wann de Herr Traberger nochemol uff Forscht käm

Forscht – des is en Ort en klenne,
awer ach en wunnerschööne,
gut – meer kaafen auswärts ei,
dann es gibt jo – ausser Wei,
bloos noch Autos fascht zu kaafe,
schunn for 's Brot – do muß mer laafe.

Doch de Wei sucht seinesgleiche,
Qualität – kaum zu erreiche,
's gibt kenn böse Mensch – kenn schlimmer,
fleißich simmer ach schunn immer,
wüßt ach kenner wu en Dieb,
korz – meer Forschter sinn halt lieb.
Dodruff – net bloos uff de Wei,
hemmer Grund halt schtolz zu sei.
Ach die Kinner – u'geloche,
werren immer gut erzoche.
Werren – wann 'se bös sinn g'schtöört,
wissen also – was sich g'hööört.

Darum sinn meer net verwunnert,
daß – es war vor vier Johrhunnert,
sich en Mann do riesig g'frääd,
awer – 's duht mer leider lääd,
was der g'schpendt – in seiner Zeit,
verzich Gulde –liewe Leit,
for de Kinner Weck zu schenke,
ob er do deht heit draa denke?

Dann er macht ’s, wie klar erwiese,
weil die Kinner freundlich grüße.
Heit – ich will net drüwwer schelte,
grüßt e Kind em bloos noch selte,
doch – mol kritisch ausgedrückt:
Ob des an de Kinner liggt?

Lossen mer des Thema sei,
wennigschtens de Forschter Wei,
hott bis heit nix eigebüßt,
wann em ach kee Kind meh grüßt.

Meer sinn halt net lauter Engel, waren ’s wohl ach früher net. Schunnscht wär jo de Herr Schandarm net notwennisch geweßt. Un denn hott ’s gewwe – in jedem Ort fascht. Net graad a’sässig – awer doch immer präsent. Un der is reschpektvoll de Schutzmann genennt worre. Oder de Herr Wachtmeischter. Was jo ach schtimmt, dann er war jo zum Schutz vun de a’schtännische Leit do un hott ‘se bewacht. Drum war er jo ach so beliebt. Mindeschtens bei de a’schtännische Leit. Awer was deht der heit denke, wann er nochemol käm?

Oh je wann de Herr Schandarm nochemol käm

En Tschako hott de Kopp geziert,
‘s Notitzbuch war in seiner Dasch,
en Säwel um de Bauch noch g’schnürt,
die Mien’ war schtreng un ba(r)sch.

Doch vun Gemüt - do war er gut,
denn bringscht ach net zum Renne,

er hott als echtie Ruh im Blut
un duht sei Schäfscher kenne.
Der Lumbes - wu oft randaliert,
der werd bei ihm ganz schüchtern,
denn hott er zwee Dag arretiert,
dann war der widder nüchtern.

En Dieb - wann so ehn er verwischt,
denn nimmt er am Schlawitsche,
do nimmt er 'se ganz schtreng - sei Pflicht,
denn schperrt er glei in 's Kittsche.

Bei Mord - do hotter jo kee Wahl,
do war er üwwerfordert
un hott sofort - in Frankedaal,
en Schtaatsa'walt geordert.
Doch war er eifrich mit debei
un segt der Fall wär hortich klar,
mer hätten jo denn Kerl ach glei.
Mer müßt bloos wisse jetzt wer 's war.

Sei härtschtie Ärwet - zweifelsfrei,
war - Owends patrulliere,
er muß in jedie Wertschaft nei,
die Schperrschtunn kontrolliere.
Un drucke schtehe kammer net,
wann Owwrichkeit muscht schpiele,
do isser manchmol voll in 's Bett,
dann Wertschafte gab 's viele.
Na - ja - jetzt isser lang schunn fort,
kemm macht er 's Lewe sauer,

doch wie er schtirbt - do war im Ort,
e ganzie Woch lang Trauer.

Dann Ordnung war - des g'höört mol g'saat,
do hott mer ruhig g'schloofe,
sowohl im Dorf - als ach im Schtaat
un 's gab kaum Kataschtrophe.
Warum - er fahrt mimm Fahrrad als
un is noch viel geloffem
mer hott im Dörfel jedenfalls,
ihn däglich a'getroffe.
Un wann der heit jetzt nochmol käm,
was deht der Mann heit denke,
sieht sei Kollege - ganz bequem,
de ehne 's Auto lenke,
de anner guggt zum Fenschter naus,
duht eifrich um sich schpähe,
ob net e Auto vor 'me Haus,
im Parkverbot duht schtehe.

Ja - ja - die Zeit duht weiter geh,
des is doch garkee Frache,
er deht beschtimmt ach net verschteh,
wann Kinner Bulle sache.

Un klärt er dann die Kinner uff,
daß die uns doch beschütze
un Schutzmann wär doch ehrn Beruf,
des deht dann ach nix nütze.
Debei - es gibt kenn Schandarm meh,
heit nennt mer 's Polizischte,

die duen noch uff Ordnung schteh'
un duen brav er Pflichte.
Sinn noch genau was er mol war,
vor viele lange Johre,
warum hott mer -'s is mer net klar,
so de Reschpekt verlore?
Käm de Herr Schandarm nochmol heit,
deht nochmol patruliere,
der mehnt beschtimmt: „Die sinn net g'scheit!"
Doch des werd net bassiere.

Der kummt nimmie - des is net schlecht
un sieht was mer heit treiwe,
der käm beschtimmt nimmie zurecht,
drum soll er besser bleiwe!

Er deht sich in uns'rer Hektik sicher nimmie wohlfühle. Dann en Schandarm hott jo e Gemüt wie en Schutzmann hawwe müsse. Un vor alle Dinge Zeit. Awer des henn meer jo heit nimmie. Ich kenn jedenfalls bloos Leit wu kee Zeit henn – nee – ich kenn ach e paar annere. Un die wu Zeit henn – die wären froh, wann ,se kennie hätten.

Zeit

Ich wünsch dir Zeit, wann des mer höört,
do denkt mer - des wär net verkehrt,
ja - Zeit wann die em mol vergönnt,
des wär was - wu mer brauche könnt.
Doch wann mer bissel weiter denkt:
Wer 's em dann recht - kriegt Zeit mer g'schenkt?

Hott net die Zeit uns selbscht belehrt,
daß ‘se net so erschtrebenswert?
Ja wääß dann längscht net jederman,
wie Zeit em ganz schöö nerve kann?
Hott jeder net schunn selbscht erlebt,
wie langsam oft die Zeit entschwebt?

Mein Nochber Franz - vun newedraa,
ach Gott - der is jo üwwel draa
un wann ich en besuche kumm,
höörscht bloos - die Zeit geht halt net rum.
Meer mehnt die Zeit deht schtehe bleiwe,
mer braicht was - um se zu vertreiwe.
Der hott jetzt Zeit - in Hüll’ un Füll’,
obwohl er ‘se jo garnet will.

Mein ann’re Nochber - vis a vie,
der rackert sich - un gibt sich Müh’,
der braicht jo Zeit - die er verwendt,
daß er dann noch meh schaffe könnt.
Do froog ich mich - ehr liewe Leit,
is des de Sinn vun noch meh Zeit?

Des alde Frääle - ‘s kann kaum laafe,
mer sieht ‘se als beim ALDI kaafe,
die segt dann bloos - was soll mer mache?
Brauchscht was - die Zeit mit doht zu schlache.

Mein Nochbersbuu - der wu bloos flucht,
weil er schunn lang e Lehrschtell sucht,

der duht jetzt sogar Haschisch raache,
sein Vatter mehnt - was soll ich sache,
der Buu hott efach zu viel Zeit,
des is jo ‘s ganze Elend heit.

Die Fraa - die blond - wu sich net schämmt,
wu jeder wääß, diedo geht fremd,
ach do - do isses gleiche Spiel:
Die Fraa hott efach Zeit zuviel.

Do unne noch - der alde Vetter,
e G’sicht wie drei Dag Regewetter,
der sich vun früh bis in die Nacht,
um Krankheite Gedanke macht,
vun dem do sagen alle Leit:
„Mein Gott - der hott halt zu viel Zeit,
hott zu viel Zeit for nochzudenke.“
Un sowas möchte mer jetzt verschenke?
Ja soll mer dann - des is die Frache,
aus Zeitvertreib als Haschisch raache,
or soll mer durch die Gegend laafe,
aus purer Langweil Blödsinn kaafe?
Soll hocke un die Schtunne zähle
un denke -‘s könnt emm ebbes fehle?
Na - ja - zu ehm könnt mer noch schtehe,
emol aus Langweil fremd zu gehe.
Nee - nee - des ging jo doch zu weit,
was soll mer also mit der Zeit.

Sie is jo zwar als manchmol knapp,
wann ich grad viel zu mache hab,

doch wann ‘se richtig eigedäält,
do merk ich - daß mer kennie fehlt.
Mit Zeit hoscht bloos dei liewie Not,
hott mer mol Zeit - schlägt mer ‘se doht
un kaaft sich allen Krempel dann,
damit mer ‘se vertreiwe kann.

Nee - nee - ich bitt eich - liewe Leit,
gell bitte - schenken niemand Zeit,
dann Zeit des sehen bitte ei,
wann mer die hott - kann schrecklich sei,
wer des net glaawe will - am Enn,
soll die mol froge - die wu henn!

Ja - ich glaab do ligg ich garnet so falsch, zu bedauere is kenner - wanner zu viel Zeit hott. Un ach die Leit wu üwwer zu wennich Zeit klagen, höört mer oft sage: „Mensch wann norre schunn Feierowend wär!“ Doch mer kann - des wissen mindeschtens die Rentner un Pensionäre, die Zeit ach sinnvoll nitze. Do geht mer in de „Dätschteclub“. Dort is ach der Satz geläufig: „Dätscht mol eikaafe gehe!“ „Dätsch mol des – dätscht mol sell!“ Un weil hohe Akademiker zwar net in Rente gehen, sondern emeritieren, do müssen die halt ach lerne die Zeit sinnvoll zu nutze. Zum Beischpiel for eizukaafe. Doch des muß mer halt ach könne. Un dasses net efach is, des hott mer mol en emeritierte Professer verzählt, korz noch seiner Emeritierung. Also korz nochdem er in Rente is – oder pensioniert war. Un vor dem Problem g’schtanne hott: Wie verbring ich mei Zeit sinnvoll?

De emeritierte Professor.

De Herr Professer Dokter med.
in Ruheschtand vor korzem geht,
des hääßt - weil er jo halt schtudiert,
do werd er jetzt emeritiert.
So nennt mer dort es Arweitsende,
doch ledschtlich geht er jo in Rente.

Er frääd sich ach - wammer'n so froogt,
was hott mer ach denn Mann geploocht,
was hott mer sich um den gerisse,
was wollt mer alles vun em wisse,
e Lewe war 's - ehr kennen des,
es war vun morjns bis ow'nds Schtreß.

Jetzt - Gottseidank is des vorbei,
jetzt isser Mensch - jetzt derf er 's sei,
braucht morjns nimmie aus em Haus,
jetzt endlich schlooft er sich mol aus.
Dezu hott er noch große Plää
un will jetzt künftig rääse geh',
vun Kapschtadt bis noch Labrador,
nimmt jedes Reiseziel er vor.

Acht Woche is er so uff Trab,
doch zieht am Johr mer die mol ab,
duhn klar - des kammer unnerschreiwe,
noch viereverzich Woche bleiwe,
wu er de Fraa - de lieb un süß,
dehääm beschtennich in de Füß.

Do muß er jo beschäftigt sei,
drum werd beschlosse: Er kaaft ei!
Er muß in Zukunft also laafe,
um des was nötich eizukaafe.
Klar kummt 's Komanndo also dann:
„Jetzt fahr emol zum Tengelmann,
die machen am halb neune uff,
do uff dem Zettel - do schteht druff,
was alles so im Haushalt fehlt,
do isses Geld - schöö abgezählt,
gehscht dann beim ALDI noch vorbei,
doch kaaf mer jo kenn Blöödsinn ei,
du wääscht - mer müssen künftig schpare,
du willscht jo als in Urlaub fahre!"

So nimmt er jetzt de Portmanee
um will in Ruh mol kaafe geh,
er hott drum erscht emol geguggt,
zwee Hunnerter - wie frisch gedruckt,
na - ja - die werren sicher lange,
so denkt er sich - dann isser gange.

Bei Tengelmann - un ziemlich hinne,
do kanner ach en Parkplatz finne,
doch sein Verschtand der duht ihm sache:
„Des kann ich jo net alles trache,
ich brauch e Wäggel!" Des werd g'funne,
doch leider isses a'gebunne,
an enner Kett - die ziemlich schtark,
for 's los zu mache brauchscht e Mark.

Jedoch die Mark - die hotter net
un ach kee Beißzang - for die Kett,
doch hinnerm Parkplatz - Gott sei Dank,
do is jo schließlich noch e Bank,
so geht er efach dort jetzt nei
un dauscht en Hunnertmarkschei ei.
Markschtücke gibt 's – e ganzie Roll,
des hääßt - sein Hossesack is voll.

Er is zurück zum Wäggel gange,
jetzt deht 's for fuffzich Wache lange,
doch leider isses jetzert so,
es is keen ehnzicher graad do.

Jedoch do hott er diesmol Glück,
eh Fraa - die bringt graad ehn zurück,
Er trabt jetzt also hinnerher,
sie bind des an die Kett - die schwer,
er sucht de Schlitz - denn duht er finne:
Jetzt kann de Eikauf jo beginne.

Er nimmt die Brill - um zu prowiere,
sein Eikaufszettel zu schtudiere,
doch was duht dann jetzt Ajax hääße?
Es Meischte kann er garnet lese,
die Fraa die hott des hiegekritzelt,
als hätt mer 'se debei gekitzelt.
Doch des kann jo 's Problem net sei,
er hott sei Händy doch debei,
er ruft die Fraa aa - die duht sache,
er duht 's in Reinschrift üwwertrache.

So schteht jetzt do - in klare Worte,
wieviele Schtück - un was for Sorte,
beischpielsweise Schpeck in Scheiwe,
doch wo duht die A'gab bleiwe,
wellie Art - un Lieferant?
Garnix hotter uff de Hand.

Also werd dodruff gepiffe
un de Schpeck halt blind gegriffe,
leggt en in sei Wäggel nei:
'S werd dann schunn de richtig sei.
'S werd beim Joghurt dann noch böser,
dann die Auswahl dort is größer,
ähnlich Auswahl - so im Große,
gibt 's dann ach bei Fisch in Dose,
dann die Froog: Sinn dann Rosine,
etwa 's gleich' wie Sultanine?

Schpielend leicht geht 's dann beim Kääs,
weil er do sei Sort jo wääß,
do nimmt er de Richtig mit:
Bresso is de Favorit.
Trotzdem muß er sich arg plooche,
'S gibt kaum Personal - zum frooche,
doch die Fraue uns'rer Zeit,
sinn jo all sehr hilfsbereit,
sieht ihn ennie hilflos schtehe,
duht 'se gern zur Hand ihm gehe,
gute Vorschläg gibt 's in Masse,
donoch geht 's dann an die Kasse,

wu mer erscht - zu seim Verdruß,
so e halb Schtunn warte muß,
doch ‘s is um die Zeit net schad,
weil mer allerhand erfahrt,
beischpielsweis - was ohne Frache,
heit die beschte Slipeilache.

An de Kass geht alles gut,
weil es Geld graad lange duht,
trotzdem werd em do gewiß,
dasses Lewe deier is.
Doch es allergröscht Problem,
kummt dann bei de Fraa dehääm:
„Liewer Gott!“ - so duht ‘s dann hääße,
„kannscht dann du kenn Zettel lese,
do - die Milch is viel zu fett
un denn Schpeck - denn willscht doch net,
ausserdem - beim Joghurt - all,
gugg mol ‘s Datum vum Verfall,
aa des is schunn fascht vergange,
hinnenei muscht dort doch lange,
vorne - des macht garkenn Sinn,
weil die Frische hinne sinn!
Awer Männer sinn halt blööd,
wissen net was hinne schteht!“

Un dann sieht die Gattin rot:
„Gab ‘s des net im A’gebot?
Viermarkzwölf for ‘so e Eis,
ja - des is en schtolzer Preis,

wu des - wu so gern als hoscht,
dreimarkneuneneunzich koscht!
Ausserdem“ - so duht ‘se grolle,
„hättscht doch noch zum ALDI solle“
„ ’s is net gange - winkt er ab,
dodezu war ‘s Geld zu knapp!“
„Klar!“ Die Fraa schunn beinah kreischt,
„wammer net de Preis vergleicht,
kaaf ich so - oh liewer Gott,
wären mer schunn längscht bankrott,
kannscht noch netmol Preise lese.
Männer kammer halt nix hääße!
‘s hoscht devun - mit deine Fugge,
bei de Werwung wegzugugge,
dabbisch - wie halt Männer sinn,
wääscht noch netemol was in!“

De Professer kriegt e Sehne,
an sein Arweitsplatz - sein schöne,
dort wu alles ihm bekannt,
wu er allseits a’erkannt,
wu sei Meenung was gegolte
un kenn Deiwel mit ihm g’scholte,
wann ‘s um dreizeh Penning gange.
Plötzlich schpürt er e Verlange
an die Zeit - wu alles klar
un er noch Professer war.
Wu sei Wirke - sein Verschtand,
wissenschaftlich a’erkannt.

Galt er net als beschter Lehrer?
Hott er net die meischte Höhrer,
was hott er - exakt umrisse,
weiter gewwe vun seim Wisse?
Wieviel große Koryphäe,
duen durch sei Händ schunn gehe,
henn bei ihm schunn all schtudiert.
Vun seim Wisse proftiert?

Üwwerall schtets u'enbehrlich,
awer simmer uns mol ehrlich,
durch en Supermarkt zu laafe,
un ach richtig eizukaafe,
immer 's Richtige zu finne,
Joghurt greife - immer hinne

un die Werwung noch schtudiere,
des is schwerer als doziere,
üwwer Krankheit - Innereie,
Heilmethode - schtännich neie.
Des is höh'rie Wissenschaft,
sowas braucht Verschtandeskraft,
des kann jedie Hausfraa besser,
als de allerg'scheitscht Professer!

Jo - jo - der Herr Professer hott halt ach lerne müsse, daß heit immer alles zu deier is. Net bloos im Supermarkt – nee, kaafen eich mol e Brezel - mer könnt verrückt werre, wie deier die Brezle worre sinn. Odder?

Erkenntnis

De Hans Karl duht durch Mannem laafe
un amme Schtand e Brezel kaafe,
Der Brezelmann verlangt e Mark:
„Was!“ kreischt de Hans Karl „des is schtark,
e Brezel - wu genau so groß,
die koscht doch früher zeh Penning bloos!“

De Brezelmann gibt em Bescheid:
„Ja - früher vielleicht - degege heit,
do koscht ’se des,“ mehnt er - un lacht
„ich hab die Preise net gemacht!“

De Hans Karl knirscht mol mit de Zäh,
dann zahlt er halt - un denkt beim geh:
„Eh Mark - for so e Brezel heit,
wann des kenn Wucher is - ehr Leit?“

Dann denkt er - so im weiterlaafe,
früher konnt mer sich noch Brezle kaafe,
zeh Penning - ja - des war noch drinn,
doch plötzlich kummt em in de Sinn,
vor fuffzich Johr - ‘s bleibt u’vergesse,
do wollt er ach als Brezle esse,
bloos sei debei jetzt net verhehlt:
Do hott ihm oft der Grosche g’fehlt.
Kee Wunner - ‘s kammer ach verschteh’,
bei Schtunnelöhn um Ehmarkzeh.
Dann sieht er - beim noch unne blicke,
drei a’gebiss’ne Brezle ligge,

paar Schpatze duhen sich drum raafe,
drum denkt er dann - beim weiter laafe:
Eh Mark - do gugg - sie liggt im Dreck,
mer kaaft e Brezel - schmeißt 'se weg.
Des is e Schann - Gewitter - Feier.
Nee - Brezle sinn doch net zu deier!

Awer schunnscht is alles zu deier, ausser wammer mol was günschtig kriegt – so uff Messe oder als Sondera'gebot. Do kaaft mer manchmol sehr nützliche Dinge. Uff Ausschtellunge zum Beischpiel. Des führt enner vor – un dem geht des vun de Hand. Allzu deier isses ach net – un der wahre Jakob wääß des so schöö a'zupreise un so hab ach ich mol was ganz nützliches mitgebroocht:

De Knowwlochschneider

Mer kann - un machts seit alle Zeite,
jo mit em Messer Knowwloch schneide.
Doch ennicht sowas oft recht kläglich,
macht mer die Prozedur net däglich,

Es fehlt die Üwung - dodebei,
mer schneid sich in de Finger nei,
dann segt mei Fraa - des Engelswese:
„Eich Mannsleit kammer halt nix hääße!
er sinn zu dabbisch dozu - leider."
un jetzt - jetzt gibt 's en Knowwlochschneider,
am Maimarkt hab ich en entdeckt:
Der schneid de Knowwloch - ganz perfekt.

Perfekt - em Herrgott sei do Dank
un hol des Ding ich aus em Schrank,
do is mei Fraa sofort zur Schtell:
„Kumm her - ich schneid denn Knowwloch schnell,
du wäscht was for en Uffwand koscht,
bis alles widder sauwer hoscht!“

Der Knowwlochschneider - ich bin ehrlich,
der is im Haushalt u'entbehrlich,
for allem wann dehääm de Mann,
soll Knowwloch schneide - un ‘s net kann!

Manchmol macht mer sich halt garkee Vorschtellunge, was es for Probleme gewwe kann, net bloos beim Knowwlochschneide. Wer zum Beischpiel noch nie e Begrüßungsredd, g'halte hott, der wääß net wie schwer sowas is.

Begrüßung

Die Musik schpielt, de Saal is voll,
de Vorschtand, der begrüße soll,
der schteht am Pult - en Tusch ertönt,
de Redner nimmt sei Blatt un schtöhnt.

Do schtehen Name uff ‘re Lischt,
jedoch die sinn net ausgericht,
wer is als erschtes uffzuführe,
wem duht de Vorsitz do gebühre?
Er kämpft sich durch, die Schtern voll Schwääß,
weil er jo aus Erfahrung wääß,

erscht kummen die, dann die, dann die,
des bringt er ach in etwa hie,
doch dann taucht der Gedanke uff:
Ja schtehen ‘se ach all dodruff?
Is net vielleicht - mer mehnt jo norre,
debei enner vergesse worre?
En Wichtige - denn mer vielleicht,
im kummend Johr ganz nötich braicht,
doch der em nägscht Johr nimmie kennt,
weil mer’n vielleicht heit net genennt?
Jetzt kummt er richtig erscht in ‘s Schwitze,
er guggt - sieht er noch enner sitze,
dem u’bedingt gebührt die Ehr
un der drum jetzt zu nenne wär?

In erschter - un in zwetter Reih,
do is so enner net debei,
vielleicht is der dann schpäter kumme?
Die dritt Reih sieht er bloos verschumme,
ab dann - schunn in de vierte Reih,
is jed G’sicht wie en Hefebrei.
Un unner all de G’sichter - denne,
könnscht net mol meh de Papscht erkenne.

Wie er die Name runner liest
un Leit - net wichtig - jetzt begrüßt,
zermartert er sich ‘s Hern derweil,
wenn er vergesse - in de Eil,
der net uff dere Lischt zu finne
un sitzt, or schteht halt weiter hinne?

Sein Blutdruck - was jo kenns verwunnert,
is mittlerweile bei zweehunnert
Ja - Leit begrüße is net leicht,
de Wichtigscht - denn vergißt mer meischt.

„Gun Owend ehr Leit – all um die Reih,
wär 's Bescht – dann sinn 'se all debei,
so dass mer ach de wichtigscht Mann,
uff garkenn Fall vergesse kann.
So gibt mer jedem jetzt die Ehr,
mer sieht wie manches efach wär.

Un vun noch enner Schwierichkeit wissen viele nix. Awer do kann ich e Liedel devun singe, beziehungsweise e Gedichtel drüwwer schreiwe. Nämlich üwwers

Fernseh mache

Fernseh - ja - des faszieniert,
weil do Großes jo bassiert,
's is mol traurich - mol zum Lache,
awer muß mer Fernseh mache,
mit dem Uffwand - drumerum,
werd 's em als im Kopp ganz dumm.

Allererscht do werd mer g'schminkt,
was vun vornerei em schtinkt.
Dann - kummt enner mit 're Schnur,
hängt em domit aa - ganz schtur,
daß dann jo ach jederman
em hinnenooch verschtehe kann.

Jetzt geht ‘s los - so könnt mer denke,
doch des kammer sich glei schenke,
Peifedeckel - erscht werd gschtritte,
schteh meh jetzt in de Mitte,
hott mer seitlich ach im G’sicht,
net vielleicht zu wennich Licht?
Is de Rahme net zu bunt,
hott ‘s de richtig Hinnergrund?
Wann jetzt alles richtig sitzt,
is mer widder mol verschwitzt,
also muß die Maske her,
dann sinn die Battrie leer,
awer noch recht langer Zeit,
isses schließlich doch so weit,
dasses endlich weiter geht,
siwwe achtmol werd gedreht,
bis de Regisseur entschiede:
„Fertich Leit - ich bin zufriede!
Abau - Abfahrt jetzt un Ende!“
Eh Minut is - for zu sende.
Is was brauchbar – dodevunn.
Un gedreht war’n ’s siwwe Schtunn!

Doch bleiwen mer vun so Theme. Bleiwen mer in unsere liewe Palz – wu ich ach de rechtsrheinische Dääl dezu zähl, weil mer jo doch g’schichtlich eh Land sinn. Uns hott de Kurferscht gemeinsam regiert. Bis er uff Bayern gemüßt hott mitsamt unserm schööne Pälzer Löb, wu die Zwockel heit de bayrische Löb nennen. Obwohl er ’s net is. Awer ’s is jo sowieso heit nimmie ganz klar, wu mol üwwerall die Kurpalz war.

Die Kurpalz

Kenn Mensch von deere Welt kann wisse,
Was is die Kurpfalz - klar umrisse ?
Wu fangt ’se aa, wu is ihr Grenz ?
Ich wett: Genaues wääs do kenns !
Historiker un gescheite Herre,
die duhn sich do net ehnich werre.
Un isses dann ach net egal ?
Ich mehn - die Kurpalz ganz pauschal:
Wu die jetzt is wääß jedermann,
ach wanners net beschreiwe kann.
Un will des enner net kapiere,
do brauchts en aach net intressiere!
Meer seh’n des Ganze net so eng
in Art un Umfang un in Läng,
so Grenze nämlich bringen Schtreit,
so war des schunn in alter Zeit.
Drum leggen meer die Grenz net fescht:
Ich mehn, des wär es allerbescht.
Un jedi Grenzfroog, die is Kääs,
wu ‘s sowieso jo kenner wääß.

Un schtreite duen meer Pälzer / Kurpälzer net so gern. Drum is jo ach unsern Leitsatz: Zu dritt schaffe, zu zwett schloofe un allee erwe. Graad des Ledschte is ganz wichtich, dann beim Erwe gibt ‘s ganz leicht mol Hännel, des henn meer mol bitter schpüre müsse. Net meer selwer, nee unser Vorfahre. For dreihunnert Johr:

Streite um ’s Erwe

Seit Adam schun in alter Zeit
gibt ‘s öfter um die Erbschaft Streit.
Des war schtets so - do machscht nix draa,
des fangt schunn in de Schteinzeit aa.
So duht ach mol en Kurferscht sterwe
schun wollt de Dochtermann was erwe
Die Kurpalz halt - mit Haut un Hoor,
Des sinn jetzt graad dreihunnert Johr.
Doch mit em Erwe war dann nix,
die Kurpalz kriegt gehöörich Wix,
en Scherwehaufe - liewe Leit,
Ruine sieht mer dääls noch heit.

Doch gude acht bis zeh Johr druff
do baut mer halt dann wieder uff.
Un durch den Fleiß un Lewensmut
do werd dann alles widder gut.

Ach vorher - nochher - ehrlich gsaat,
war des kää Honigschlecke grad,
wie oft hott um des Land mer g’schtritte,
was hott die Kurpalz schunn gelitte.
Doch hott mer weiter sich getraut
un immer widder uffgebaut.
Des is doch wohl de klar Beweis
vun Kurpalzlewensart un Fleiß.
Wu netemol en Erbschaftsschtreit,
uns unnerkriege kann - bis heit!

Ganz klar - es geht ach bei uns Pälzer un Kurpälzer net ganz ohne Schtreit: „Sanner ahnich?“ So froogen schon früher unser jüdische Mitbürger. Werd bestätigt, daß man „ahnich“ is, kam sofort der Satz: „Hanner schunn gedaal?“ Segt mer „Nee!“, do hääßt ’s: „Dann daalen emol!“ Dieses daale - der Erbschaft wohl - scheint also noch nie so ganz enfach gewest zu sein. Trotzdem - Wer nix erheirat un nix ererbt, bleibt en arme Deiwel - bis er schterbt, is e alte Pälzer Weisheit. Scheint awer ach so sein Hooke zu hawe. Und so erklärt sich en weiterer Leitspruch: Zu dritt schaffe - zu zwett schloofe - allee erwe. Dann bleibt wenigschtens im Erbfall de Streit aus. Schtreit gibt ‘s heit ach um ‘s Auto. Des war früher ach net so. Schunn weil mer jo kenns g’hatt hott. Do hott de Vatter ganz gemütlich vun de Ärwet häämlaafe könne, dann die Mutter hott jo net uff ‘s Auto gewart. Sie hätt ‘s jo ach garnet gebraucht, weil die Ältscht net in de Ballettunnericht gemüßt hott un de Zwettälscht net in de Judotränning wollt un de Klennscht hott dringend in die Leichtathletik g‘fahre werre müsse. Un weil’se de ganze Dag am Wäschzuwwer g’schtanne hott, do hott ‘se ach net noch tschocke müsse, dann müd war ‘se ach so. Un drum hott de Vatter Zeit g’hatt, noch e bissel verzähle könne un ab un zu sogar eikehre noch schnell ehns trinke. Er is dann immer noch recht kumme for die Kohle aus em Keller zu trage un e bissel Holz zu hacke un im Garte noch de Radiesle zu gugge. Schließlich hott ‘s jo net pressiert, dann er hott jo net am achte die Dagesschau versäumt. Oder die Schportschau. Un wanner gar noch e paar Wingertelscher g’hatt hott, na do isser halt morjens noch e bissel früher raus, so zwee Schtunn bevor er uff die Ärwet geloffe is. Zum Beischpiel wie ‘s in unserm Ort üblich war zu ‘me Weigut oder in de Schteebruch. ‘s war halt annerscht wie heit. Awer schöö war ’s immer – oder doch fascht immer. Unser schööne Feschte, de Worschtmarkt zum Beischpiel. Obwohl, soll mer do üwwerhaupt hiegehe?

Wie segt mei Tante Adelheit:
Nee - uff de Worschtmark geh ich nie,
do sinn jo immer so viel Leit
un darum geht jo niemand hie.
Warum bloos des Gedräng entschteht:
Wu niemand uff de Worschtmark geht?

Awer de Worschtmarkt lossen mer uns net nemme. Schunn weil immer es Wetter gut is:

Worschtmarktwetter

Es Worschtmarktwetter - meiner drei,
des kann an kemm Dag schönner sei,
als an dem Dag - des is gewiß,
an dem mer uffem Worschtmarkt is.

Ich wääß noch wie ‘s vor drei Johr war:
Do war de Himmel sunneklar,
kää Wölkel weit un breit zu seh’,
ganz klar - e Wetter - wunnerschöö!

Nadierlich laaft em dort de Schwääß,
kee Wunner - ‘s war halt furchtbar hääß,
doch ‘s gibt ‘s jo gut gekühlte Wei.
Korz - ‘s Wetter könnt’ net schönner sei.
Un wann ,se em verderrt – die Sunn,
en Schoppe Schorle hilft do schunn.
’s werd ach noch frisches Bier verzappt,
wann mol die Zung am Gaume babbt.

For zwee Johr - ‘s wääß ich noch wie heit,
do war graad so e Regezeit,
na ja - ich wollt do doch net schelte,
‘s war drucke in de Schubkarchzelte,
konntscht durch die Ausschtellunge laafe,
mol gugge - un mol ebbes kaafe,
korzum - obwohls vun owwe naß,
e Worschtmarkswetter - erschter Klass.

Un vorgsjohr - wie ‘s so abgekühlt,
hoscht ‘s wohlscht dich in de Halle g’fühlt,
dort triffscht Kollege - Freund un Vetter,
Mensch - des war klores Worschtmarkswetter.

Ach wann ‘s mol dunnert - schtürmt un blitzt,
des macht nix - wammer inne sitzt,
do is gemütlich un is schöö,
un hoscht en Grund net hääm zu geh’
korz ‘s Worschtmarkswetter - des is wichtig,
‘s kann sei wie ‘s will - ‘s is immer richtig!

Drum is de Worschtmarkt jo ach ’s bescht.
Un unser allerschöönschtes Fescht,
Doch ’s gibt vun Bockerem bis Schweige,
ach schunnscht en schööne Feschtereige.
Vun Lewwerworscht bis Handkääs – Kuche,
mer kann ’se garnet all besuche.

Schunnscht wär mer garnimmie dehääm,
des wär jo ach net a’genehm.
Dann viel zu lang is do die Reih:
Doch Worschtmarkt – der muß efach sei!

Wann Schiller oder Goethe nochemol kämen.

Käm Schiller nochmol – oder Goethe,
ich wääß net was die mache dehte,
Dann üwwerlechen eich ehr Leit,
kee Rundfunk gab 's in ihrer Zeit,
kee Zeitung gibt 's im ganze Land,
wie werren bloos so Leit bekannt?

Wie so was damals möglich war,
des is mer wirklich jetzt net klar.
Dobei is Schiller oder Goethe,
niemols im Fernseh uffgetrete.
Des hott mer jo noch garnet g'hatt,
war'n niemols uff 'me Titelblatt,
war'n nie in Talkschow – oder so
un trotzdem – jeder kennt die jo.

Wer duht for die Promoschen mache,
or schunnscht die ganze Werwesache,
Wie schreiwen die – froog ich mich oft,
ganz ohne ***Word*** un ***Microsoft*** ?

Ach wammer 's jetzt net ganz verschteht,
mer sieht dodraa was alles geht.
Kenn Werwerummel, so en blööder
Un trotzdem kennt die Leit heit jeder,
's is schad – ach vun so große Männer,
do kummt wohl sicherlich heit kenner
un wär bereit zu Dialooge:
's is schade – ich deht 'se mol gern frooge!

Ja – des deht mich wirklich intressiere, wie die ’s g’schafft henn so berühmt zu werre, ohne emol im Fernsehe oder Internet zu sei. Des is was, wu ach ich mer net vorschtelle kann. Doch zum Schluß noch e Gedicht for die Leit, wu net Pälzisch können. Die wissen jo garnet was ich mehn, wann ich sag mer soll sich mol vorschtelle was früher war. Vielleicht kummen ’se beim ledschte Gedicht doch noch druff:

Brunnen

Löcher - die uns Wasser spenden,
aufgeschöpft mit hohlen Händen,
waren Brunnen einst vor Zeiten.
War der Mensch dort zu beneiden,
weil er klares Wasser trank,
das nicht übel roch - gar stank?
Nicht verseucht durch dies und das,
nicht versetzt mit einem Gas?
Ja - so könnte man fast meinen,
aber trotzdem will mir scheinen,
wär das heut uns noch beschieden,
wäre keiner mit zufrieden.
Lassen wir den Zeitenlauf,
nehmen wir es doch in Kauf,
daß die alten Zeiten gehen,
auf ein Nimmerwiedersehen.
Schön ist sicher das Erinnern,
an den Brunnen - an die Zeit
wahren wir es halt im Innern:
Und laßt es der Vergangenheit!

Sodeelee, jetzt wär des ach widder g'schafft. 's Buch is g'schriwwe, 's muß bloos noch verkaaft werre, schunnscht geb ich en arme Mann. Was net hääßt, daß ich en reiche Mann geb, wann 's sich gut verkaafe loßt. Awer e bissel kurwelt 's halt doch schunn die Wirtschaft aa. Un vielleicht bin ich in e paar Johr de ehnziche Kleebetrieb wu üwwerlebt hott. Des wär dann eiern Verdienscht!

Dankschöö mol schunn – dodefor!

Zum Abschluß noch die Worte eines seiner Freunde

Paul Tremmel – der sich selbst gerne „en vielbeschäftigter Faulenzer" nennt, legt mit dem vorliegenden Buch – seinem 33. – ein Zeugnis seiner Schaffenskraft ab. Doch nicht nur seine Bücher und seine Vorlesungen haben ihn so bekannt gemacht. Seit 1986 erscheint jede Woche mindestens einmal ein „Paul Tremmels Reim druff!" Ursprünglich in der „Sonntag aktuell" heute bei Kurpfalzradio.

Dazu schreibt er Sketche, kleine Bühnenstücke und persönliche Gedichte bei allen möglichen Anlässen, wie Geburtstage, Hochzeiten und Firmenjubiläen.

In der Medienlandschaft ist seine Heimat der beliebte **KURPFALZRADIO** wo man ihm eine feste Sendezeit einräumt. Dort fühlt er sich wohl und: Seine eigenen Worte:

„Mit denne möchte ich ald werre!" Ein hoffnungsvolles Wort für einen Siebzigjährigen.

Inhaltsverzeichnis

Von seinen Veröffentlichungen sind derzeit noch erhältlich:

Dem Wein zu Ehren

Pälzer in de Welt

Neuer Bubbes

Üwwer die Leit

Unter grünem Loden

Blick freudig …

Dogewesste

Pälzer Chrischtkinnels- un Belzenikelsg´schichte

Die Nibelungesag´

Die Pälzisch Weihnachtsg´schicht

Uff Pälzisch Pälzisch lerne Band 1 + 2

„de ledschte Hannes“

Üwers Johr „***die Zweite***“; (**CD** von **SWR** Kurpfalzradio);

Erhältlich im einschlägigen Buchhandel oder direkt bei

Paul Tremmel, Weinstr. 21a, 67147 Forst

Tel. 06326/6493; Fax 26326/378 oder 7434